CATALOGUE

D'UNE COLLECTION

D'ESTAMPES

ANCIENNES

PAR DES PEINTRES & GRAVEURS FRANÇAIS

DES 17me, 18me ET 19me SIÈCLES

De l'Œuvre de JEAN LE PAULTRE, Architecte, celui de DE BOISSIEU, Amateur lyonnais

D'ESTAMPES DES MAITRES

DE L'ÉCOLE DE FONTAINEBLEAU

Des Portraits, Sujets historiques, etc., etc.

Du Cabinet de M. R. D. [Robert-Dumesnil]

DONT LA VENTE AUX ENCHÈRES PUBLIQUES AURA LIEU

HOTEL DES VENTES, RUE DROUOT, 5,

Salle n. 3, au premier étage,

Le Lundi 4 Décembre 1854, & les 3 jours suivants,

heure de midi.

Par le ministère de Me VAUTIER, Commissaire-Priseur, rue de Provence, 78,

Assisté de M. DEFER, Expert, quai Voltaire, 21,

Chez lesquels se distribue le Catalogue.

EXPOSITION PUBLIQUE

Le Dimanche 3 Décembre, de midi à quatre heures.

1854

CONDITIONS DE LA VENTE

Elle sera faite au comptant.

Les acquéreurs paieront, en sus des adjudications, CINQ centimes par franc, applicables aux frais.

DÉSIGNATION

DES ESTAMPES

1. **Ango.** Quatorze pièces à l'eau-forte, la plupart d'après Rembrandt.
2. **Audran** (Charles). Quatre figures académiques. K. A. 1534, 1er état avant les numéros (manque le n. 4).
3. — La même suite, 2e état avec l'adresse de Ciatres ex. et les numéros.
4. — M. de Renty, d'après Chauveau, Charles Emanuel, duc de Savoie. Deux portraits.
5. — La Vierge et l'Enfant-Jésus, d'après Titien; l'Annonciation, d'après An. Carrache. Deux belles pièces.
6. — Sept titres de livres de théologie, philosophie, et atlas géographique de Denos, de 1622 à 1625. Plus les quatre figures académiques, deuxième état.

7. **Audran** (Germain). Théophile Renaudin, F.-A. Milliet, archevêque, d'après Petrus Mullet. Deux pièces.

7 bis. **Audran** (Claude). Le portrait de Galilée et une pièce allégorique.

8. **Audran** (Benoit). Le Passe-Temps, gravé d'après le tableau de Watteau, du cabinet de M. de Pilles.

9. — Portrait de C. Visscher, graveur, d'après lui, Très belle épreuve avec l'adresse d'Huquier.

10. — Paul Bignon, d'après Huber ; F. Willading, 1718. Deux pièces ; belles épreuves.

11. — Les deux mêmes portraits et le portrait de frère Blaise, Feuillant et titre de livre, Thèse de mathématique, par Delamonce. Une pièce de l'histoire de Daphnis et Chloë, d'après le dessin du Regent.

12. **Audran** (Jean). L'Adoration des rois, d'après Pietre de Cortonne, le n. 37 de la vie de Samson, d'après Verdier ; Cornaline antique, dessinée par Chéron ; deux titres de livres pour le grand dictionnaire historique et l'histoire de Gênes ; la Charité, d'après le Bourdon, cette dernière par *Louis Audran*.

13. — Cl. Cherrier, d'après Tortebat ; J.-Fred. Karg, d'après Vivien. Deux portraits.

14. **Barbault** fils, architecte. Vue de Sicile, pièce à l'eau forte.

15. **Bardon** (Michel-Fr.-D'André). Christ mort, la Peste ; deux pièces et une d'après ce maître.

16. **Barrière** (Dominique). Suite de douze marines, dédiées à Lelio Orsini (30 à 41), manque le n. 12.

17. — Différentes vues de mer, navires et galères, à Paris, chez Ant. de Fer, 1646. Vingt-sept pièces, n. 1 à 27. Suite très rare, manque le n. 28.

17 bis. Six paysages (42 à 47). Rome ricercata, n. 50, 51, 52, 53. Cénotaphe de Mazarin (167).

18. — La villa Aldobrandini, n. 144 à 165, le n. 6 de la suite double du premier état.

19. — Hercule aux Hespérides (63), vue d'une fontaine de Rome. On lit dans un cartouche : intrecciati. (171), vue d'une villa d'Italie (172), vue où se trouve une statue colossale d'un fleuve (174), bataille près Bommel, en 1585 (176), cénotaphe de Piombino et sa femme dans l'église de St-Ignace (181), paysage d'après le Titien (183). Sept pièces.

20. — Sacrement de la pénitence (184) d'après N. Poussin, belle épr. avant la lettre. Rare.

21. — Cinq paysages et marines d'après Claude le Lorrain (n. 185 à 189).

22. — Paysage d'après Claude le Lorrain (188), épreuve avant la lettre. Très rare.

23. — Vue de la place du peuple à Rome (193), deuxième état.

— La Foi, l'Espérance et la Charité autour du globe terrestre (190), fontaines de Rome (197, 198, 199).

24. — Jubilé de Rome sur la place Navonne (194), belle pièce d'après Rainaldi.

24 *bis*. — Fête donnée à Rome, par l'ambassadeur d'Espagne, le 19 février 1662 (196), fontaine de Rome (200), jardin de Tivoli (201).

25. — Belle composition, où se voit en mer une riche galère et au premier plan un grand nombre de figures, deux éléphants, et à droite un arc de triomphe. On lit : *Dom Barrière Marsil.* del. et sculp., contre-épreuve d'une pièce non-décrite au Peintre-Graveur français.

25 *bis*. — Le passage de la mer Rouge, grande estampe dédiée au pape Innocent X. Elle est cintrée du haut ; elle est non-décrite au *Peintre-Graveur français.*

— Vue d'une villa de Rome, au premier plan, une table sur laquelle est un renard, à gauche des armes, à droite *D. Barrière fecit.* Ce sujet est entouré d'une bordure. Pièce non-décrite au *Peintre-Graveur français.*

— Une plante. On lit : *Citri Floris, H. 2.* Pièce non décrite.

26. **Bargas.** La Mariée de village, l'Embarcation et suite de quatre paysages; la Fontaine, la Danse, le Mulet, l'Hôtellerie. Six pièces, d'après Bout.

27. **Beaudouin,** capitaine aux gardes-françaises. Le duc de Biron.

28. **Bellanger** ( ). Saint Paul prêchant à Athènes, 1769 ; Athalie furieuse de l'éleva-

tion de Joas, 1763. Deux épreuves avant la lettre, plus l'eau-forte de la première pièce.

28 *bis*. — Les deux mêmes avec la lettre, plus une femme se baignant. P. et H.

29. **Belicard**, 1750. Vues de monuments de Rome. Dix pièces.

30. **Bergeret** (M.). La Charité, d'après Raphaël. *Bergeret f. 1805*. Jeune fille à une fontaine. Deux pièces.

31. **Bidault** (Pierre). Quatre têtes de béliers, jolie eau-forte. Elle est rare.

32. **Bignon**. Sainte Marguerite, d'après N. Poussin, titre d'une suite de frises.

33. **Boquet** (Nicolas). Portrait du père Alexandre Pini, *N. Boquet pinxit*. Capitaïne des Suisses du pape, soldat de l'armée du pape, *N. Boquet fecit*. Trois pièces.

34. — Adam et Eve, Galatée, Apollon et Marsias, une des planètes. Quatre pièces d'après Raphaël, *N. Boquet fecit*, 1690 à 1691.

35. **Boucher** (François). Vénus et Cupidon, *Boucher inv. et fecit.*, la Coquette, d'après Watteau, *Boucher scul.*, la Petite Reposée, *F. Boucher sc., 1756*, premier état avant le titre. Trois estampes.

36. — La Petite Reposée, deuxième état; quatre figures d'enfants en pied, éditées par Odieuvre, plus une double, deux académies, deux études de figures d'après Bloemaert, n. 4 et 5, et un paysage. Onze pièces.

37. **Boucher** (F.). VII et VIII cahiers d'arabesques, composés et gravés par F. Boucher, édités par Chereau.

38. **Bouchet** (Martin). Le père Lemasson, Furretière, Charles II, d'après Quelinus, Amedée IV, Servi, confesseur du roi d'Espagne, Corneille Schut, la Religion, vignette ; un paysage. Huit pièces.

39. **Bouflet Duhameau**, architecte. Cahier de six compositions d'architecture, inventées et gravées par ce maître et éditées par Chereau.

40. **Bourg d'Orschevillier**. Vues à Colmar. Quatre pièces à l'eau-forte, 1817 à 1827.

41. **Boulanger** (Jean). Michel Nostradamus, Louis Senaut, J.-J. Olivier, le prince de Condé, Daniel de Cosnac, Giovo, résident de Gènes, Guillaume Compaing, Patin, Duvergier de Hauranne, Barbedor, *Boulanger del. et sculp.* Dix portraits.

42. — Ecce Homo, tête de Vierge, tête de Madeleine, tête de Jésus. Quatre pièces.

43. — Vierge et Enfant-Jésus, d'après le Guide, la Vierge à l'œillet, d'après Raphaël, Vierge et Enfant-Jésus sans aucune lettre. Trois belles pièces.

44. — Vierge et Enfant-Jésus, d'après S. Vouet, *J. Boulanger*, 1657 ; Jésus, menuisier, et la Vierge, d'après F. Chauveau, la Vierge et l'Enfant-Jésus et Sainte-Famille Quatre pièces.

45. **Boule** (André-Charles). Nouveaux dessins de

meubles et ouvrages de bronze et marqueterie, le titre seul d'une suite éditée par Mariette. Panneau d'ornements de la galerie de François Ier à Fontainebleau, n. 2 d'une suite très rare.

46. **Bourgeois** (Constant). Vues prises à Rome. Deux pièces.

Boissard (Robert), né vers 1560. Voyez le Manuel de l'amateur d'estampes, troisième livraison, page 415.

47 — Le Temps récompensant le travail et punissant la Paresse (n. 1), Jupiter, 2 (6), Parnasse, 4 (7), Hercule, 16 (9). Quatre pièces.

48. — Mascarades recueillies et mises en tailledouce par Robert Boissard, valentinois, 1597. Suite rare de vingt-quatre pièces (12 à 35). Belles épreuves du premier état avant les numéros et avec marges.

49. — Henri III à cheval (37). Pièce rare.

50. — La Concorde, titre: *Concordia* et quatre lignes; en hollandais et en français, en plus les deux lignes suivantes : *En paix auons contentement en noises tout desbauchement*. Robert Boissard fecit. Cette estampe nous semble appartenir à une suite de proverbes.

— Le Jugement de Pâris. *Robert Boissard fecit*. Rare.

51. — Henri de Bourbon, prince de Condé, représenté en 1596, à l'âge de neuf ans. Très beau portrait; il est très rare.

52. — Roger Bontemps. On lit sur la pente de la

draperie d'un lit : *Ogier Botemps;* dans un cartouche dans la marge quatre vers, et à droite *Ble sic olim. ad viuum depinxit Joannes Holbein ..... 1593.*

53. **Bosse** (Abraham). Diverses figures à l'eau-forte et Anges volant et enfants propres à mettre sur frontons, portes et autres lieux, ensemble plusieurs sortes de masques de l'invention de Paul Farinati, italien, n. 1 à 29.

54. — Plan du fort de Gélasse, en Piémont, reliquaire de la famille Rostaing, Richelieu dans un anagramme, le Siége de la Motte, saint Jean et son mouton. Cinq pièces.

55. — Titres de livres : l'Économie de la religion, Europe, comédie héroïque, figures de Minerve, l'Espérance et la Charité, Rendez-vous de chasse. Six pièces.

56. — Un costume de la suite dessinée par saint Igny, épr. avant tout nom. Très rare.

57. — **De Boissière** *inv. et fecit.* Le Frappement du rocher, sujet mystique pièce analogue à ce maître. Elle est sans marque.

58. — Double du Frappement du Rocher.

59. — **Brebes** (Louis-Baptiste). Le Serpent d'airain, épreuve avant la lettre, Albinus faisant monter les Vestales dans son char, deux pièces d'après S. Bourdon ; Apollon et les Titans, frise; titre pour la nouvelle manière de fortifier les places, titre pour un livre d'architecture. Cinq pièces.

60. **Bruandet** (Lazare). Paysages à l'eau-forte, trois pièces; une est double avec différence.

— **Chancourtois**. Paysages d'après Orisonti, Robert, etc. Huit pièces.

61. — **Carmontel**. Le duc d'Orléans et son fils, surnommé depuis Philippe-Égalité; ils sont représentés dans une salle de billard. L. C. D. Carm., 1759. Rare.

62. — L'abbé Allaire, *Carm. del. scul.* Rare.

63. **Campion,** 1702 (les frères). Suite de petits paysages de forme ronde, numéros 1 à 13, au premier on lit : *Paysages et marines dédiés à Mlle Loir, de l'Académie de Marseille, par S. T. H. S. S. C. C.*

64. **Camus,** 1780. Paysages. Sept pièces.

65. **Castellan**. Vues et fabriques d'Italie, suite de six pièces numerotées, le n. 4 double avant la lettre. Fabriques d'Italie, n. 1 et 2; le n. 1 double d'eau-forte pure; fabrique d'Italie, pièce non terminée.

— Vues en Grèce, vingt-une pièces tirées de l'ouvrage : Lettres sur la Grèce, par Castellan, épreuves avant les numéros; six sont avant les noms. En tout trente-trois pièces.

66. **Cazin**, 1803. Paysages dessinés d'après nature et d'après H. Robert. Dix-neuf pièces.

67. **Chaufourier** inv. et fecit. Neuf paysages et cinq paysages d'après Louis Silvestre, par Moyse.

68. **Charlet**. Recueil de vingt-quatre pièces, gra-

vées à l'eau-forte; en tête le portrait de l'auteur, suite très belles épreuves. Elle est devenue rare.

69. — **Chastillon** (Louis). Deux paysages d'après Genoels.

70. **Chaumeton**, 1808. Portrait de Monrose, acteur du Théâtre-Français.

71. **Chiboust**. Le Buisson ardent, d'après Bourdon, *J. Baudemont exc.* Paysages d'après Francisque et Teniers, avec l'adresse de Drevet. Sept pièces.

72. **Cochin**. Glorieuse campagne de M. le duc d'Enghien, commandant les armées du roi en 1644, deux feuilles d'après Labelle; la bataille de Nordlingen, donnée le troisième jour d'aoust 1645, par Louis de Bourbon, duc d'Enghien, pièce de deux feuilles. Ces deux estampes font partie du grand Beaulieu.

73. — Image miraculeuse de la sainte Vierge trouvée parmi des épines qui portèrent des roses en plein hyver, la Mort d'Holoferne, épreuve avant la lettre, le Passage de la mer Rouge, titre de livre où sont représentés Pie IV et saint Charles-Boromée.

74. — Vue du projet de réunion du Louvre aux Tuileries, Procession de la châsse de sainte Geneviève. Deux pièces rares.

75. — La Vie de la Vierge, d'après Durer, suite de dix-huit pièces. Rares.

76. — L'Enfant-Jésus, le Jugement de Pilate, les

Martyrs, les Mois de l'année, batailles de Tolbiac, de Fontenay, de Cassel, paysages. En tout trente-quatre pièces.

77. — Les Siècles d'or, d'argent, de cuivre et d'airain, livre nouveau de fleurs très utile pour l'art d'orfèverie, 1645. En tout vingt-deux pièces.

78. — Le Jeu des rois et des reines, une feuille contenant 52 cartes d'après De Labelle, Jeu des métamorphoses d'Ovide, par N. de Fer, à Paris, chez Ant. de Fer. Deux pièces rares.

79. — La carte du royaume des cieux, dessinée par De Labelle; carte du royaume des cieux, dessinée par H. Chastelain. Deux pièces rares.

80. — Les Noces de Cana, d'après P. Veronèse, Moïse brisant les tables de la loi, plan de la Terre-Sainte, Repos en Egypte, Jésus bénissant les enfants, Saint Denis, l'Enfant prodigue, la Tour de Babel, etc. Dix-neuf pièces. Deux lots.

81. **Collignon**. Repos en Egypte, d'après Swanevelt, Agar, le Temps et la Vérité, d'après Teste, Atila, saint Louis de Gonzague, copie d'une eau-forte du Guerchin. Cinq pièces.

82. — Vierge et Enfant-Jésus, d'après Carrache, autre Vierge et Enfant-Jésus, le Repos en Egypte, saint Marc, penditif du Dominiquin, scène de théâtre, Caverne de voleurs; Arrestation de religieux, d'après Diépenbeck.

83. — L'Asyle des oppressés, pièce historique où l'on remarque Louis XIII, Richelieu et le roi

de Portugal, réjouissances générale des Français pour la paix et portrait de François Redenas. Trois pièces.

84. — Plan de la bataille de Rocroy, 1643, grande estampe de deux feuilles avec le portrait de Louis de Bourbon, duc d'Enghien.

85. — Vue de Saumur et trois pièces pour les guerres de Belgique de Strada.

86. — Suite de douze paysages d'après De Labelle et divers autres paysages et marines de différentes suites, vues de Rome, etc. Trente-une pièces.

87. — Nouveau livre à dessiner, d'après Valesio, dédié à M. de Villarieux, à Nancy. Dix-huit pièces.

88. — Représentation d'un carrousel à Florence. Belle épreuve d'une belle pièce.

89. **Cundier Maior** (Jean). Simon l'Enfant, d'après Fauchier, Messire Gaufredi, d'après Cundier. Deux pièces.

90. **Dassonville**. Scènes familières dans le goût d'Ostade (n. 7, 10, 23, 30 et 33, R. D.) Neuf pièces; plusieurs doubles.

91. **De la Barthe** (Ant. Guerard). Première suite de paysages, par De la Barthe. Paris, 1778, chez Isabey, au Grand-Cœur.

92. **De la Haye** (Charles). La Vierge et sainte Catherine, d'après Ciro Ferri, Coriolan, G. Smith, d'après Flech, de Marchetti, d'après Martial Desbois. Quatre pièces.

93. **De la Live**. Le marquis de Montcalm, Louis Denis, d'après Rigaud, et portrait de femme

d'après Wattier, une autre d'après Grimou. Quatre pièces.

94. **De Loysi** (Jean). Le vrai pourtrait de Notre-Dame libératrice des Révérends Pères Minimes de Besançon. *Jean de Loysi fecit.* Portrait de Dominique de Bonaventure, comte de Buquoy, conseiller du roi d'Espagne en 1620. *Jean de Loysi fecit.* Deux pièces.

95. **Delarive**. Essais d'eau-forte d'animaux, R. S. Delarive, 1800. Douze pièces.

96. **Delarue** (Louis). Divers sujets militaires, inventés et gravés par Delarue, plusieurs marqués L. R., les autres de son nom.

— Scène de bivouac, suite de scènes de satyre, huit pièces, par Félix De la Rue, deux académies d'après Boucher, par un anonyme. Deux pièces, scènes de satyre et un paysage d'après Naiwinx, en 1754. Quatorze pièces.

97. **De Son** (Nicolas). Somptueux frontispice de Notre-Dame de Reims, ville du sacre, 1625. *N. de Son, Remois scul. E. Moreau excudit.* Pièce rare.

98 — L'excellent frontispice de l'église de Sainte-Nicaise de Reims, par le même. Rare.

99. — Ester, d'après Vignon, Fontaine de Jouvence, d'après J. Lys, et treize paysages dans le goût de Callot, avec les copies par Langlois, dont trois avant les numéros. Vingt-six pièces.

100. **Desprez** del. et sculp. Portrait de Peronnét, architecte.

101. **Dorigny** (Nicolas). Jésus au milieu des docteurs, la Vierge, saint Charles et saint Ignace, d'après C. Maratte, la Vierge et saint Antoine, d'après P. de Cortonne, Mort de saint Joseph, d'après C. Maratte, l'Ignorance des arts, d'après le même, saint Pierre, martyr, d'après Lambert, Apollon au Parnasse, trois vignettes, allégories aux vertus, la Concorde, allégorie d'après Vanloo, *Dorigny, 1736*. Onze pièces, plus la Descente des Sarazins au port d'Ostie, d'après Raphaël. Cette derniere par Louis Dorigny.

102. **Drevet** (Pierre). Dom Denys de Sainte-Marthe, d'après Cazes, Louis Hideux, d'après Delescrinierre, Jean Issaly, d'après Largillierre. Quatre pièces, belles épreuves.

103. — Paul de Neufville, d'après Santerre, Louis-Aug., prince de Dombes, 1703, la sœur Louise Crevant d'Humière, Alexandre Pini, religieux de l'ordre de Saint-Dominique, d'après J. Andray, de Pardaillan de Gondrin, d'après Vanloo. Cinq pièces, belles épreuves, plus le portrait de Claude St-Jean de Dieu, d'après Hallé, par Claude Drevet.

104. **Du Brayet** (Jean). Études de têtes, de mains et de figures entières pour un livre à dessiner, une feuille d'ornement pour la bijouterie. Douze pièces marquées du nom du maître.

105. — Vieille femme à laquelle un jeune homme fait jouer de la flûte, d'après Villamena, les

Trois Grâces et Galatée, copiées des Lascives du Carrache. Trois pièces.

106. **Duflos.** Vues d'Italie. Cinq pièces dont le temple de la sibylle à Tivoli.

107. **Dumont Le Romain.** (J.) Glaucis et Scilla, peint et gravé par J. Dumont en 1726. 1er état eau forte pure, avant la lettre. La même 2me état terminée par Surugue.

108. — Les Marionnettes, la Savoyarde, Agar, Glaucis et Scilla, quatre pièces gravées à l'eau forte par Dumont et terminées par Daullé et Surugue.

109. — Monuments divers, dont une pyramide. Figure allégorique de la France gravée par Blondel en 1736, une fileuse et un enfant, pièce attribuée à Dumont. Trois pièces.

110. — Plan et vue du feu d'artifice tiré sur la rivière entre le Louvre et l'hôtel de Bouillon, d'après Servandoni; le même sujet plus petit. Deux pièces à l'eau forte par Dumont.

111. **Dunouy.** Paysages, vues d'Italie, portrait de l'artiste. Cinquante-sept pièces, dont vingt-huit doubles avant les numéros et avant le monogramme, plus le catalogue de la vente faite après le décès de cet artiste.

112. **Du Pérac** (Etienne). Vues de Rome *Roma Rossi 1639*. Suite de quarante pièces et le titre.

Duvivier (Jean), graveur en médailles, a gravé au burin :

113, — Pierre de Gouges, avocat et savant linguistique, d'après Tournière. Epreuve rare, avant toute lettre.

114. — Le même portrait, avec la lettre.

115. — Nouveau livre de cartouches pour ornement des armes, inventé et gravé par J. Duvivier en 1712. Six pièces en hauteur. Sept cartouches en largeur, d'une autre suite, 1er état avant le nom du maître et l'adresse de Poilly. Deux autres n° 3 et 4 d'une autre suite. Quinze pièces.

— Armoiries de la famille d'Orléans, par J. Duvivier en 1743, plus la copie par Avril en 1768, une tête d'après Raphaël, et deux cartouches doubles de ceux décrits ci-dessus. Quatre pièces.

116. **Echard**. Cahier de ruines et paysages d'après nature, six feuilles d'animaux d'après Roos, têtes de vieillard et vieille femme, d'après C. Visscher, 1er état avant la retouche et le n° 63, les mêmes 2e état. Deux études d'arbres et un frontispice pour un livre à dessiner. En tout quinze pièces.

117. **Elsen** (Charles). Jésus donnant les clefs à St-Pierre, d'après Rubens.

118. — Jésus donnant les clefs à St-Pierre, vierge et enfant Jésus, St-Jérôme, deux épreuves de chaque avec différence, Jupiter et Omphale, une tabagie. Sept pièces.

119. **Van Ekel** (Anna). Portrait de Christophe

fils d'Antoine, roi de Portugal, à l'âge de 52 ans, d'après De Moustier.

120. **Elie Dubois**. Christ mort dans les bras de St-Jean et de la Vierge, deux lignes d'écriture, *hic pater*.... l'adresse de Jac Honeruogt. Pièce rare dans le goût de Wienix.

121. **Episcopius** (Jean). Le martyre de St-Laurent, belle épreuve; l'eau forte de cette estampe est de Bréemberg, le jugement de Midas, pièce sans marque.

122. **Fabre de Montpelier** (F. X.). Paysages, gravés à l'eau forte en 1808 d'après les tableaux de Guaspre Poussin, tirés du cabinet de M. Fabre. Trois pièces.

123. — Déposition de la croix, et les saintes femmes au tombeau de Jésus, *Fab. inv. et sc*. Un paysage. Trois pièces gravées en manière de lavis.

124. **Ferdinand** (Louis). Circoncision, d'après Palme; termes des loyers, deux pièces. Une arabesque de six enfants, frises d'enfants d'après Testelin, n° 3 avant l'adresse de Mariette, 4 et 6; Je me contente de ma fortune, la Main chaude, la Balançoire, la Culbute, sept enfants jouant. Treize pièces.

125 — Livre à dessiner, d'après l'Espagnolet. Vingt-une pièces. Livre de portraiture, d'après le Primatice; les Vertus innocentes ou leur symbole sous figures d'enfants, L. Ferdinand 1654 avec l'adresse de J. Van Merlen. Treize pièces.

126. **Forbin**. (Le comte de). Deux paysages à l'eau forte, un double avec différence.

127. **Foulquier**. (J. F.) L'invocation des morts. Premier recueil de modes et habits galants de différents pays, Six pièces d'après Louthberbourg; divers matelots d'après le même, par Foulquier son élève et ami. Cinq pièces. Réunion de têtes diverses d'hommes et de femmes en caricatures, pièces gravées de 1768 à 1773 ; un charlatan proposant son élixir ; le roi de Garbe et un paysage. En tout dix-neuf pièces.

Fornazeris (Jean) Florissait à Lyon vers 1600, il dessinait et gravait pour les libraires, c'est ce maître que l'abbé Marolles appelle Isaïe Fournier, il était contemporain des Thomas de Leu, Léonard Gaultier ; son burin est beaucoup plus fin que les leurs.

128. — Marie de Médicis représentée allégoriquement sous la figure de la France, on lit au bas les quatre vers suivants :

Après tant de sang et de larmes
Je suis heureuse désormais
La guerre est morte par mes armes
Mes armes font vivre la paix.

Belle pièce, très rare.

129. — Paul V, pape. *Fornazeris F.*, Grégoire de Valence de la Société de Jésus à l'âge de 64 ans, Antoine Faber, jurisconsulte à l'âge de 48 ans en 1606. Tuccius Lucensis J. C. pronotaire

apostolique à l'âge de 60 ans. J. *Fornazeris* F. Quatre pièces, belles épreuves.

130. — Titres de livres publiés à Lyon de 1593, 1601, 1607 et 1624, par Ant. de Harsy et Horace Cardon, dont : Tableau de la mort par Goulart, instruction au sacerdoce par Toletie ; livre de cantique et commentaire ecclésiastique par Jean l orin de la société de Jésus ; les œuvres de Juste Lipse ; les évangiles. Six pièces in-4° et in-fol. inventées et gravées par *J. de Fornazeris*, plus une double avec une différence de texte.

131. **Fragonard** (Honoré). Les apôtres d'après Lanfranc et divers sujets pieux d'après Tintoret, Fêti, Tiépolo. Bacchanales et Satyre. Dix-huit pièces à l'eau forte, à la plupart le nom Frago tracé à la pointe ; bacchante et satyre, pièce attribuée à ce maître.

132. **Franconville**, peintre. Caricatures des pensionnaires de l'académie de Rome de 1760 à 1775, dessinés par Stouf, l'un d'eux, pièce très rare et intéressante en ce que l'on y a écrit à la main le nom de chacun des pensionnaires.

133. **Gautherot**. Un portrait d'homme, vu de profil tourné vers la gauche. *Gautherot sc.* Ce portrait est celui de Casimir Menestrier. poëte chansonnier.

134. **Gautier**. (Pet. Jac.) Le massacre des innocents 1768, un sujet de la bible, et combat des Lapithes, d'après Solimène, de cette dernière

deux épreuves, une avant *aqua forte* et avant la lettre.

135. **Germain** (Louis). Suite de petits paysages 1769, vue de St-Germain, une réunion de têtes. Quinze pièces,

136. **Gillot**. Divers acteurs de la Comédie-Française et de la Comédie Italienne, représentés dans divers rôles. Dix pièces, épreuves avant la lettre, très rare.

137. — Cent une vignettes pour les fables de Lamotte, la plus grande partie dessinée et gravée à l'eau forte par Gillot, les autres d'après Coypel, Ranc, Bernard Picard, gravées par Tardieu, Simonneau, etc.

138. — Neptune, las quatre bacchanales, 1er état avec l'adresse de Rochefort; l'agioteur, 2e état.

139. — La naissance, l'éducation, le mariage et les obsèques, suite de quatre pièces fantastiques, épreuves avec les adresses de J. Audran. Deux pièces, scènes de sabat, d'après Gillot. Six estampes.

— No 21 et 77 des fables de Lamotte, épreuves avant les numéros, scènes de satyre. Deux pièces d'après les compositions de Gillot.

140. **Goyrand** (Claude). Adoration des rois, 1er état avec l'adresse de Mauperché; la charité, d'après Vouet, repos en Egypte, d'après Suanewelt; la Magdeleine, d'après Mellan.

141. — Portrait de Dulorens, d'après Quenel, épr. avant la lettre, très rare.

142. — Le même portrait avec la lettre, double de l'adoration des rois, 2e état, et fuite en Egypte, d'après Stella, vues et perspectives nouvelles, tirées sur les plus beaux lieux de Paris et ses environs, publié par Silvestre en 1645. Quatorze pièces (manque le no 2), suite très rare.

143 *bis*. — Vues du château de Bicêtre. Trois pièces rares très belles épreuves. Arcueil, Fontaine Maggiore à Tivoli et quatre paysages. Neuf pièces.

143. — **Greuze**. (Jean-Baptiste), Jeune fille à mi-corps la tête penchée regardant à droite, elle est coiffée d'une cornette, un mouchoir autour du cou. Pièce sans marque, gravée à l'eau forte par Greuze.

— Têtes de différents caractères, dédiées à M. J. G. Wille à Paris chez Greuze en 1756. Le titre et une tête d'enfant sans aucun nom, de cette suite attribuée à Greuze.

144. — **Guéroult** 1710. Douze vues de Paris et ses environs, deux suites numerotés 1 à 6 (manque le no 3) édité par Giffart, elles sont très rares.

145. — Le château et l'abbaye de St-Maur, le château de Montfermeil, marines et une vue générale de Paris. Sept pièces.

146. **Guillain** (Simon). Les apôtres et divers sujets saints. Huit pièces.

147. **Hallé** ( ). Adoration des bergers, grande et belle pièce.

148. — Deux sujets de la fable dont la mort d'Hyppolite *Hallé del et sculp.* 1738-1739, 1er état avant l'adresse de Briceau, rare.

149. — Les deux mêmes aussi 1er état.

150. — Les deux mêmes, 2e état avec l'adresse et six statues d'après l'antique, sans nom, plus le portrait de Hallé par Larmessin, d'après Gros, et celui de l'ouvrage de Dargenville, les Vies des peintres. Dix pièces.

151. **Heinecken** (Charles-François). Portrait gravé par lui-même d'après St-Aubin, rare.

152. **Hennequin** ( ). Diane et Endymion, Thésée vainqueur du Minotaure, Ganimède et les dieux. Trois pièces.

153. **Herregoudts** (J. B.) La Vierge et l'enfant Jésus, et St-Jérôme. Deux pièces rares.

154. **Houel** (Jean). Quatre paysages n° 1 à 4; livre de paysages à dessiner à la plume, inventé et gravé par Houel. Six pièces avant l'adresse de Chereau, le n° 5 double.

155. — Etudes d'éléphant, de vaches et taureau, de bufles, etc. Cinquante-cinq pièces, plusieurs doubles avec différences, n° 34 d'un livre de Trophée édité par De Marteau. Cet article formera deux lots.

156. — Portrait de Lancelot, comte Turpin de Crissé, et de Marie de Lowendal, comtesse de Turpin de Crissé.

157. **Hugues Sambin** 1559. (Monogramme H. S. réunis que l'on attribue à) Un chapiteau d'or-

dre corinthien, un autre d'ordre composite avec la date de 1559, un terme séparant deux cariatides de Jupiter et Junon, pièce dans le goût de l'école de Fontainebleau. Cette dernière pièce fragmentée. Trois pièces rares.

158. **Hutin** (Charles). Nativité, fuite en Egypte, Jésus et la Magdeleine, Jésus au jardin des Oliviers 1764, la Vierge et l'ange, la résurrection, les œuvres de miséricorde, Tobie et l'ange, Lucrèce, Milon de Crotonne, Pan et Syrinx, d'après de Troye, Apollon et Daphné, recueil de différents sujets composés et gravés par Charles Hutin à Dresde en 1763. En tout vingt-cinq pièces.

159. — Jésus et la Magdeleine, le sommeil de St-Joseph, la Vierge et l'enfant Jésus, Lucrèce. jeune Satyre, titre de livre. Onze pièces.

160. — Adoration des rois, d'après Pittoni, par *J. B. Hutin*, Pan et Syrinx par *F. Hutin*, la sapience divine d'après Solimène, pièce allégorique par Pierre Hutin. Quatre pièces.

161. **Jacquard**. Henri Louis Chastaigner de La Roche-Pozay, évêque de Poictiers, en 1615, à l'âge de 38 ans. André Nemoud âgé de 63 ans en 1616. Deux pièces.

162. **Julien** (Simon). Moyse auquel Dieu remet les tables de la loi, la Vierge et l'enfant Jésus, deux épreuves, assomption de la Vierge, d'après le Guide, pièce sans marque; croquis de figures. Trois pièces dont une double. Sept estampes à l'eau forte gravées à Rome de 1764 à 1773.

163. **Isac** (Gaspard). Portraits de Pierre Danet, évêque *Isac fec.*, de César Baron, cardinal, belle épreuve d'une belle pièce. Deux estampes.

164. **Lacour** fils, de Bordeaux. Le jugement de Pâris.

165. **Ladame**. (Gabriel). Portraits de maître Brisville, maître armurier, De la Martinière, Condé, divers sujets dont : les apôtres, la justice, d'après Settin en 1651, Mercure, l'enfer, etc., etc. Quinze pièces, deux sont doubles.

166. **Lagrenée** (Jean-Jacques). Sacrifice d'Isaac, Adoration des bergers, Christ mort, la crêche, Vierge et enfant Jésus 1777. Satyre portant des fruits, bacchanales, études de vases, 1er et 2e état, la peste, bas reliefs, trophées, trépieds, croquis de figures. En tout 30 pièces dont deux doubles, gravées à l'eau forte à la manière du lavis et en camaïeu.

167. **Lallemand** (J. B.) Paysage dans le goût de Boucher. *J. B. Lallemand del et scul.*

168. **Langot** (François). Sainte-Famille, d'après Vouet, 1er état avant l'adresse de Becquet, Saint-François d'après Le Guide.

169. **Lavit**, architecte, Paysages et vues diverses. Neuf pièces à l'eau forte 1805-1808.

170. **Lavallée Poussin** ( ). La Magdeleine et St-Jérôme. Deux pièces. *Rome inv. et scul.*, un satyre faisant danser une bacchante, sommeil de Silvie. Deux pièces, d'après N. Poussin en 1764.

171. **Lebrun** (Gabriel). De la Mothe Houdancourt d'après L. Beaubrun, Charles Fevret de Saint-Mesmin. Deux portraits. St-Etienne prêchant, d'après G. Perier, deux épreuves une avec l'adresse d'Hecquet, un frontispice pour la vie de Mazarin. Six pièces.

172. **Le Geay** (Jean). Ruines inventées et gravées par Jean Le Geay en 1768. Neuf pièces, marquées *J. Le Geay, inv. et scul.*

173. **Legros** 1791. Paysages, animaux et sujets gravés à l'eau forte d'après Rembrandt, Van de Velde, Ommeganck, etc. Huit pièces.

174. **Le Lorrain**. Bouclier d'Hercule, Massacre des Innocents, d'après de Troye, ruines. Trois pièces.

175. **Léfu.** Romé de l'Isle 1785, fête au dieu Pan, le triomphe de la Montagne, pièce historique sur la révolution. Trois pièces.

176. **Lemay** (Olivier). Trois paysages, vues de Hollande; marqués des lettres L. M., quatre autres paysages *Lemay delin. et sculp.* avec l'adresse de Dubois. Huit estampes.

177. **Léonard Gaultier.** Henri IV à cheval, deux anges le couronnent, *Léonard Gaultier, s.* 1610. Pièce rare.

178. — Buste d'Henri IV dans une niche, on lit dans le haut l'avant victorieux, dans un cartouche du bas, à St-Orthez par A. Rouyer et à Bourdeaux... etc. *Léonard Gaultier* 1610.

179. — Henri duc de Montpensier, pair de France, très joli petit portrait, il est très rare.

180. — Henri de Lorraine, marquis du Pont. *Jean Leclerc* exc. Louis XIII en prière à genoux devant un prie-dieu.

181. — Jacques Amyot, très belle épreuve avec grande marge.

182. — Corduba poëte, Cheau de Bourges, parisien à l'âge de 60 ans en 1620. Belle épreuve, Senèque 1619, Guido Faber 1586, le cardinal Dossat 1624.

183. — Nicolas de la Framboissière âgé de 49 ans en 1608, le même personnage plus en grand à l'âge de 63 ans, 1624. Belles épreuves.

184. — Etienne Pasquier, à l'âge de 87 ans, De Gamache en 1625 à l'âge de 57 ans, César Baron, cardinal.

185. — Jésus chez les docteurs, la Visitation, *J. Meyssens exc.*, St-Thomas d'Aquin. Trois pièces, belles épreuves.

186. — Portrait de P. Ronsard, frontispice des œuvres de Ronsard en 1623, les portraits équestre de César et de Henri IV, beau frontispice pour les parallèles de César par Ant. de Bandole en 1609. Deux pièces rares.

187. — L'instruction des prêtres par René Gautier 1617, inventaire général de l'histoire de France, 1608 à 1614, décrets et glossaire de Grégoire XIII, Paris, 1612. — Histoire des papes et chefs souverains de l'Eglise. Histoire de Bre-

tagne, par Bertrand d'Argentré, 1618. Histoire de Navarre, par André Fauyn. Histoire de Jean de Boucicaut, maréchal de France en 1620. Académie évangéliste, 1622. Loth fuyant Sodome. La religion, 1614. Pharmacopea dogmaticorum, 1623. Les psaumes 1612. Douze pièces, titres de livres rares.

188. — Quatre vignettes pour un livre de morale, d'après les dessins de Crispin de Passe, curieuses pour les costumes. Dix vignettes pour les œuvres de Virgile. Indiens portant une croix. En tout quinze pièces.

189. **Léonard** (Jean-François). Suite de portraits de divers bourgeois de Nuremberg de 1465 à 1678, et celui de Gabriel Schut, musicien, d'après Strauch en 1586, par Léonard en 1656. Quatre-vingt-dix pièces gravées à l'eau forte et au burin.

190. — Dix-huit doubles de ceux ci-dessus.

191. — Portrait de Léonard, celui de la femme d'Albert Durer, d'après ce maître en 1508. Hans Braun, pain d'épicier à Nuremberg. Deux épreuves, une avant la lettre. Trente-six pièces gravées à la manière noire.

192. **Le Pautre** (Jean). Panneaux d'ornements, termes, bénitiers et deux costumes de Bonnard. Dix-neuf pièces, un vol. in-4, v.

193. **Leroy** (Henri). Oiseaux et poissons. Huit pièces, titre aux armes de France, pour les édicts et ordonnances, etc., *Henri Leroy fecit* 1610. *B. Mesoille inv.* Neuf pièces.

194. **Lesueur** (Louis). Un paysage.

194. **Liotard** (Jean-Louis). Renault Hérault, lieutenant de police, peint et gravé par Liotard.

196. **Lombart** (Pierre). Elisabeth Castlehaven, la comtesse de Pembrok, Anne de Morton, comtesse de Carlisle, Pénélope. Six pièces de la suite des comtes et comtesses, d'après Van Dyck.

197. — Lavaliette duc d'Epernon, d'après Waillant.

198. — Pierre Maisset, d'après Lefevre, 1666. Jean d'Allaeu, ministre de l'évangile, Lombart pinxit, 1670.

199. — Le même portrait et le duc de Grammont, d'après Waillant en 1663.

200. — Charles-Quint. P. *Lombart, sculps. à Londres.*

201. — Johannes Olgibivs, d'après P. Lilly (Lely) *P. Lombard sculpsit Londini*. Rare.

202. — Trois pièces pour les fables d'Olgiby et un titre pour les éphémérides de Richelieu.

203. — Cath. Marg. de Vertamont, veuve de Lefèvre de Caumartin, Félix Vialar, évêque, d'après Nanteuil. Deux pièces en manière noire.

204. **Louis,** architecte. Vues de St-Pierre, du temple de Vesta, temple de St-André, etc. Cinq pièces gravées à Rome.

205. **Loutherbourg.** Les quatre heures du jour, 1er état avec l'adresse de l'auteur, une vache et un ânon passant un gué, une tête à turban. Six pièces.

205 *bis.* — La tranquillité champêtre et la bonne petite sœur, 1er état avec l'adresse de l'auteur, et celles de Maigret et Mathenat.

206. — Les deux mêmes estampes, 2e état, les adresses enlevées et remplacées à l'une d'elles par celle de Niquet.

207. — Première et deuxième suite de soldats dessinées et gravées par Loutherbourg, 1er état avec l'adresse de l'auteur. Dix pièces.

208. **Matüs** (Jean) Appelé en Flandre Jean Vermeyen, autrement l'homme à la grande barbe. Il était peintre de Charles-Quint. Un repas de Mahométans, dix-sept figures. Pièce rare.

209. **Mallery** (Philippe de) Pierre Bernard Réalin de la société de Jésus, âgé de 86 ans en 1616. Joannes Loelius, abbé de Strasbourg. Inventaire de l'histoire de France par Jean de Serres en 1600. Trois pièces.

209. **Mallery** (Ch. de) Portrait de Henri IV. On lit : à Henri IIII auguste roy de France et de Navarre, très chrétien, très valeureux, très magnanime, restaurateur de son royaume, père de son peuple. Joli portrait, il est très rare.

211. — Tales Musa vetat vinci. Anno 1604, d'après Dumoustier. Joli portrait, au verso des armoiries, gravées par *Martin Bernard Parisien F.*

212. **Mariette**, 1777. Paysages, d'après le Bolognèse, le Titien, F. de Neue, etc. 18 pièces.

213. **Marc Duval**. Le printemps (8), l'automne (10). Rares.

214. **Marguerite Lecomte.** La maison de Marguerite Lecomte, la meunière du moulin joli, et quatre petits paysages sur une même feuille.

215. **Mathéus.** Portrait en pied de Louis XI. *Matheus fecit.*

216. **Martin fils,** élève de Van der Meulen. Bataille de Poutlma en 1709, dessiné et gravé par Martin fils, épreuve du premier état d'eau forte pure, av. l. l. Très rare.

217. — La même, retouchée avec la lettre et l'adresse de se vend chez Martin jeune, peintre ordinaire et pensionnaire du Roi, en l'hôtel des Gobelins. Rare.

218. — Fuite de l'armée de l'empire après la surprise et camisade de Crémone, action des plus remarquables. *Martin fils inv. et scul.*, et l'adresse de Martin jeune.

219. **Mellan** (Claude). Bonnet de Toiras, premier état avant la retouche de Daret, Charles Favre, Louis d'Orléans. Trois portraits, plus une armoirie de France connue sous le titre de Vignettes des notaires de Paris.

220. — La Sainte-Face, 1649. Belle pièce du maître.

221. — Louis XIV recevant les échevins de la ville de Paris. Pièce historique.

222. **Meunier.** Palais de Lisbonne, et palais de l'Alhambra de Grenade.

223. **Moellon,** 1613. Deux paysages dans le goût de Paul Brill. Rare.

224. **Montaigne** (Nicolas). Présentation au temple (1). La Magdeleine, d'après Ph. Champagne (11). Trois pièces.

225. — Paysages et marines (19, 20, 23, 29), épreuves du premier état. Quatre pièces et le n° 2 de l'appendice.

226. — Une Sainte-Face, on lit au bas *non est species...* Joullain excud. C. P. R. Pièce non décrite.

227. Un Calvaire. Au milieu de la composition, le Christ en croix, à gauche, saint Jean et la Mère de Dieu; au pied de la croix, Magdeleine; à droite, les soldats, plusieurs jouent aux dés le manteau de Jésus, au bas à gauche on lit *Ph. de Champagne pinxit*, à droite l'*adresse de Gantrel.* Pièce très rare non décrite; le coin de gauche est emportée.

228. **Moreau le jeune.** Vue de la place Louis XV. Les chevaux et les ânes. Trois pièces.

229. **Moreau** (Louis), Essais de paysages à l'eau-forte, 69 pièces sur 34 feuilles.

230. **Mongez** (Madame). Portrait du pape Pie VII, d'après David. Rare.

231. **Morin** (Jean). Quatre vignettes pour un livre de Psaume (2, 3, 4, 5), un titre, non décrit, cartouche ovale en haut une tête de chérubin, dans le milieu du cartouche on lit Paraphrase des Psaumes de David, par Antoine Godeau, évesque de Grasse et Vence, à Paris chez

la veuve Jean Camusat et Pierre le Petit, imp. ordin. du Roi, rue Saint-Jacques à la Toison-d'Or, 1649, avec P. D. R. Cinq pièces rares.

232. Notre-Seigneur (25). Paysages d'après Poelemburg et Claude le Lorrain (99 à 102). Premier état avec l'adresse de Jean Morin.

233. — Les mêmes, moins le paysage d'après Claude le Lorrain. Deuxième état avec l'adresse de Chereau.

234. **Montcornet** (Balthazard). Louis, comte d'Egmont, Montcornet pinx. pièce rare.

235. — Le même portrait avec la lettre, Callot, B. Tremblay, sculpteur; titre des comtes de Flandre; Léonard d'Estampes, paysages d'après Paul Brill, une viguette pour un livre de poche. Sept pièces.

— Divers paysages gravés et édités par B. Montcornet, plusieurs d'après Cornelio et Paul Brill. 71 pièces de ce nombre, plusieurs par N. Cochin.

236. **Nicole**. Paysages et vues de divers monuments de Rome, quatorze pièces à l'eau-forte et au lavis, une est double avec différence, plus une feuille contenant quatre dessins à la plume.

237. **Naudet fils**. Paysages, animaux d'après Van de Velde, etc. 30 pièces, à plusieurs le nom et la date de 1808.

238. **Orléans** (prince royal, Charles-Ferdinand duc d'). Un archer à cheval dans un paysage; pièce à l'eau-forte, elle est rare.

239. **Ozanne**. Trois suites, une en hauteur, deux en largeur, de différents vaisseaux, de douze pièces chaque. Epreuves d'eau forte pure avant les numéros, il manque quatre pièces ; plus quatre marines d'après Vernet. Trente-six estampes.

240. **Palaiseau**. Le lac, le moulin, l'église, le puits, la cuve, etc.; neuf paysages inventés et gravés par Palaiseau.

241. **Panneels** (Guillaume). Adoration des Bergers, sainte Cécile, l'évanouissement d'Esther, la Charité romaine, Apollon et Daphné, Méléagre et Atalonte, toilette de Vénus, sept pièces à l'eau-forte d'après Rubens, belles épreuves.

242. **Parizeau**. Psyché refusant les honneurs divins, d'après Boucher.

243. — Nativité, repos de la Sainte-Famille, Albinus et les Vestales, Bacchantes et Faunes, philosophe, sacrifice au dieu Pan, recueil de figures drapées, sacrifice aux Grâces, atelier de sculpteur, où sont des enfants. Ces deux dernières planches au lavis. Seize pièces gravées de 1770 à 1774; plusieurs d'après Larue.

244. **Pavillon** (Balthazard). Les deux banquets et la bataille de Constantin, d'après Raphaël; l'Ordre, d'après N. Poussin; quatre pièces.

245. **Perelle** (Les). Vues de Paris et ses environs, Rueil, Saint-Cloud et Meudon, quarante-cinq pièces très belles épreuves, sept sont avant la

lettre; plus le Cours-la-Reine, hôtel de Soissons et autres hôtels de Paris, par Marot, épreuves avant le nom. Cet article sera divisé.

246. **Pérignon** (Nicolas). Six suites de paysages, trente-six gièces à l'eau-forte, belles épreuves avant les numéros et les lettres. Le n. 3 de la quatrième suite double avant le ciel. — Titre d'un nouveau livre de cartouches, inventé et gravé par N. Pérignon, peintre-architecte en 1759; bouquet de fleurs, *N. Pérignon*, 1760, en tout trente-neuf pièces; plus une pièce d'après Péri[illegible], marquée du monogramme A. L. D.

247. **Petit-[illegible]** (Louis F.). Monuments d'architecture [illegible]ine, etc.; sept pièces.

248. **Pey**[illegible]ocrate chez Aspasie, avant la lettre; Mithridate, les filles de Jethro, d'après Poussin; Sainte-Famille, d'après Raphaël; Senèque, mort d'Hercule, titre de livre, portrait sans aucune lettre; plusieurs de ces pièces marquées *Peyron, inv. et f.* Sept estampes.

248. **Picart** (Jean). Louis XIII à cheval, une Renommée lui apporte un casque et tient une couronne de chêne au-dessus de sa tête.

249. — Louis XIII en buste dans une niche architecturale, pour le tome IX du Mercure de France, belle épreuve du premier état.

250. — Le même portrait, deuxième état, plus travaillé et avec le titre du tome XII du Mercure de France, et avec le privilége.

251. — Guybert, dit le médecin charitable, âgé de 54 ans. Deux épreuves une avec *anno 1629*. — Pierre Juvernay, prestre, âgé de 35 ans en 1648. Charles de Shomberg.

251 *bis*. — Jésus au Jardin des Oliviers, titre pour le tome II de l'Année chrétienne par Jean Suffren. — Saint Roch et saint Sébastien, avec l'adresse de J. Honeruogt.

252. **Picart** (Bernard). La fortune des actions; pièce historique sur le système de Law.

253. **Pigné** (Nicolas). Jésus et la Magdeleine. *Boquet*; vue dans la Sabine; Jésus tenté, pièce anonyme, seulement l'adresse de Bonnart.

254. **Pierre** (Jean-Baptiste-Marie). Une danse de village, scène pastorale d'un grand nombre de figures ; elle est sans aucune lettre. Belle pièce.

255. — Le frère Luce et la courtisane amoureuse, d'après Subleyras. Très belles épreuves de deux jolies pièces.

256. — Mascarade chinoise faite à Rome par les pensionnaires de l'Académie de France, en 1735 ; scènes de marché, costumes de femmes italiennes, scènes de moines, Annette et Lubin. Six pièces à l'eau-forte.

257. — Vue de la fête donnée à Rome par les pensionnaires de l'Académie de France pour le rétablissement de la santé du roi en 1744 ; mascarade chinoise. Saint Charles communiant les pestiférés P. F. L'hyver, quatre figures pour un titre de livre de musique, *Pierre*, *1759*. Quatre pièces à l'eau forte.

258. — Croquis de scènes champêtre, n. 10 et 12; études figures en pied, n. 6, 8, 9, *J. B. M. Pierre, 1756*; un homme portant un enfant sur ses épaules et deux scènes de moines, ces trois dernières de forme ovale. Huit pièces, plus une pièce d'après Pierre.

259. **Piquet** (Jean). Deux gueux assis à terre près de chacun une vielle, celui de droite tient une bouteille et une écuelle. Pièce gravée dans le goût de Callot. On lit : *Piquet fecit aqua forte.* Le marchand de petits pâtés, *Piquet fecit aqua forte, Gaspard Isac exc.* Deux estampes.

260. — Vrai portrait de la madone de Mondovi et des miracles qu'elle fit. *C. Piquet faciebat ibidem*, et la dédicace à Emmanuel de Savoye en 1621. Belle épreuve d'une jolie pièce.

261. — Jeanne, reine de France. Belle épreuve d'un joli portrait, rare.

262. — François de Molière, sieur d'Essertines, âgé de 18 ans, d'après Dumoustier. Pierre de Renol S. de Vertalame. Deux pièces, belles épreuves.

263. **Prou** (Jean). Baptême de saint Jean, d'après A. Carrache; Agar et Ismaël, d'après Van Molle. Deux pièces.

264. **Rabel** (Daniel). Livre de chasses, six pièces. *Rabel in fec.* N. 3 et 5 des costumes de femme, six pièces de l'histoire de Silvie, titre de livre pour l'espitre de saint Paul, publié par Jean Camusat en 1635.

265. — Vue en Folembray, titre de livre de différents parterres, premier état, avec l'adresse Melchior Tavernier; deuxième état, celle de Mariette. Neuf paysages divers.

266. **Ragot**. Sainte-Famille, Jésus chez le Pharisien, titre de livre. Trois pièces.

267. **Renaud**. Baptême de saint Jean; trois têtes de femmes et d'homme. Quatre pièces.

268. **Restout**. La France sauvée; retour du Parlement; saint Bruno en prière, deux têtes. Cinq pièces à l'eau-forte.

268 *bis*. — Jésus se transfigurant sur le mont Thabor. saint Bruno, et une tête à turban, et retour du Parlement. Trois pièces.

269. **Rigaud** (Jean). Christ au Jardin des Oliviers, le baptême d'une galère, la Fronde, ils sont naufragés, la méridienne, ils sont volés, état de l'esclavage chez le roi de Maroc. Cinq pièces d'une suite de douze; plus trois vignettes de livres. En tout 10 pièces.

270. — **Robelot** (Mathurin), serrurier-mécanicien. Son portrait. Il est à mi-corps, tourné à droite, tient une serrure à la main gauche. On lit au bas :

> Si tu veux voir le nom et la posture
> Du seul autheur de ce présent portraît
> Du reste aussi qu'est de même parure
> C'est Mathurin Robelot qui l'a faict.

271. **Robert** (Nicolas). Diuerses (sic) desseins pour seruir à toutes sortes d'artisans, dessinés par

Charleton et gravés par N. Robert. Six planches publiées par G. Audran.

272. — Cintres, panneaux et autres. Dix pièces.

273. — Recueil de diverses fleurs, dessinées et gravées d'après nature par N. Robert pour l'amusement des dames. Vingt-trois pièces.

273. — Bouquets, vases et oiseaux. Dix pieces.

274. **Robert**, graveur en manière noire et en couleur. Tête de Vierge; deux épreuves, une est en couleur avec le nom et la date de 1747. Rare.

275. **Roettiers**. Christ portant sa croix, le Calvaire, et passage de la mer Rouge; trois pièces capitales, du maître.

276. — Galatée, Nymphes et Satyre, Bacchanales. Etudes d'après Largillière, armoirie de la famille Bignon; seize pièces.

277. **Roullet**. La Vierge, l'Enfant-Jésus et sainte Thérèse, d'après le Carrache; portrait de la mère Fremiot, du cardinal Rasponius; la Vierge, l'Enfant-Jésus et sainte Anne, saint François-Xavier.

278. — David tenant la tête de Goliath, sainte Marie, deux titres de livres, d'après L. Gimignanus et Ciro Féri. Quatorze pièces.

279. — Catinat, Camus, Michel Ferrand, Jean Delpech, conseiller au Parlement, quatre portraits, épreuves avant la lettre. Ils sont rares.

280. — Camus, Michel Ferrand, Jean Delpech, Hilaire Clément et Catherine Touchellée, sa femme, d'après Cotelle; cinq pièces.

281. — Camille Letellier, d'après Largillière, épreuve avant la lettre et la bordure. Rare.

282 — Le même portrait, le marquis de Beringhen, Jean Chaillou, docteur en Sorbonne, d'après Gérardin; Ascanis Philamarin, cardinal, d'après F. Marin, marquis de Beringhen. Cinq portraits.

283. — Marquis de Beringhen, Jean Delpech, la mère Jean-François Fremiot, d'après Ferdinand; la vénérable mère Marie; Alexandre VIII; Perie de saint André, d'après Levieux; cardinal Rasponius, David tenant la tête de Goliath, d'après Parrocel, titre de livre d'après Gimignani. Dix pièces.

284. — François de Poilly d'Abbeville, graveur. *De Poilly del 1680. J.-L. Roullet 1699.* Belle épreuve d'un beau portrait.

285. **Rousselet**. Mazarin d'après Champagne; Richelieu, Jean d'Estrée, Soyer, Ch. Favre, abbé de Sainte-Geneviève, Gault, prêtre de l'Oratoire, Ed. Farnèse d'après Dumoutier, Mathurin Altoni, chirurgien, Riolan, François Guinaud, médecin, P. Moline, F. Hedelin, de Valois, duc d'Angoulême, d'après Champagne. Douze portraits.

286. — Titre de livre avec portrait de Mazarin en 1660, Christ au jardin des Oliviers d'après Le Brun, Christ mort d'après le même, Sainte-Famille d'après le Carrache; Sainte-Famille d'a-

près Stella, autre Sainte-Famille d'après le même, où le petit saint Jean est à cheval sur un mouton. Six pièces.

286. — La Vierge, l'Enfant-Jésus et sainte Catherine, d'après Pietre de Cortonne, trois titres de livre pour une bible en 1660; les peintures sacrées sur la Bible d'après Vignon, etc., poésies françaises de la Ménardière. Six pièces.

287. **Saint-Aubin** (Gabriel de). Le spectacle des Tuileries, deux vues du jardin, assemblées et retouchées à la plume par Saint-Aubin, épreuves du premier état avant le nom et avec la date 1760. Le charlatan sur le Pont-Neuf; les nouvellistes au café, marche du bœuf-gras, la foire de Beson 1750, vue du salon du Louvre en 1753, convalescence du Dauphin, vue de la place Louis XV et allégorie au mariage du dauphin, depuis Louis XVI; aréostat de MM. Charles et Robert aux Tuileries en présence du duc de Chartres et de plus de 800,000 personnes. Dix estampes rares.

288. — Sainte Catherine, premier état; réconciliation d'Absalon et David, Laban cherchant ses idoles; l'académie particulière; Mérope, premier et deuxième état; vases et scène de l'histoire romaine. Spectacle des Tuileries. Neuf pièces.

289. — Sainte Catherine, deuxième état retouchée, salon du Louvre 1752, spectacle des Tuileries, l'académie particulière, allégorie à la convales-

cence du dauphin; Mérope premier et deuxième état; réconciliation d'Absabon et David, Laban cherchant ses idoles, premier état avant la lettre. Dix pièces.

290. — Mérope, Tancrede, mariage du dauphin, débris de la foire, les nouvellistes, adresse de Périer, marchand quincaillier; le choux de Suède; les fleurettes suite de six pièces, scènes de ballets du théâtre italien pour écrans, la pyrotechnie, vases et quatre vignettes diverses pour livres, titre de catalogue, etc. Vingt-six pièces.

291. **Saint-André** (Renard de). La petite galerie du Louvre du dessin de feu M. Le Brun, premier peintre de S. M., dédié au roi, dessinée et gravée par Saint-André en 1695. Quarante-deux pièces in-fol.

292. — Susanne au bain, d'après Santerre; la Vierge en prière au pied de la croix, d'après Le Brun.

293. **Sandrart.** Une vieille des lunettes sur le nez, présente un urinoir à l'Amour. Jolie petite pièce, elle est rare.

294. **Sarazin,** 1788. Premier et deuxième cahiers de divers paysages et gravés à l'eau-forte. Quatorze pièces numérotées.

295. **Sauvé** (Jean). La Vierge, l'Enfant-Jésus d'après Le Guide.

296. **Spierre.** Ferdinand, grand duc de Toscane, Alexandre VII, d'après Morandi; deux pièces, belles épreuves.

297. — Sainte Martine, Vierge et sainte Catherine à laquelle l'Enfant-Jésus présente une branche de lys ; plusieurs saints en adoration devant le Christ. Trois pièces.

298. — Le miracle des pains, deux épreuves, une avant le nom du Bernin ; deux sujets d'après Piètre de Cortonne. Quatre pièces.

299. — Les martyrs aux Indes, *F. Spierre inv. et sculpt.*, une vierge d'après le Bernin, titres de livres d'après Ciro Ferri et le Bernin. Quatre pièces.

300. **Stella** (Antoinette B.). Remus et Romulus. On lit sur une pierre à droite *Antonia B. Stella, sculp., 1676 ;* belle pièce.

301. **Stella** (Claudine Bouzonnet). Les jeux et plaisirs de l'enfance, inventés par J. Stella. Paris aux galeries du Louvre 1657. Cinquante-deux pièces y compris le titre et les armes ; très belles épreuves.

302. — Mariage de sainte Catherine, deuxième et troisième état, à ce dernier état Ph. Lauri pinxit. Le repos en Egypte, deuxième état ; saint Jérôme, d'après Carrache, sommeil de l'Enfant-Jésus, et Vierge et Enfant-Jésus d'ap. J. Stella par Poilly ; trois pièces de la Passion, n. 3, 5, 7. Les dévots chevaliers, d'ap. Carrache et un titre de livres. Onze pièces.

303. — Titre de la frise de Jules Romain à Mantoue, avec l'adresse aux Galeries du Louvre ; ma-

riage de sainte Catherine, premier état avec la dédicace au duc de Créquy; repos en Egypte, premier état avec le nom du Poussin Pinxit.

304. — Le portrait de Jacques Stella, peintre.

305. — **Sweback** dit **Desfontaine**. Raffraîchissement de chasse, courses, voitures et escarmouche dans un bois, eau-forte, dessinées et gravées en 1785, à l'un de ces sujets la date de la naissance de Sweback en 1769. Quatre pièces rares.

306. **Théaulon**. Suite de six paysages, on lit : sur le premier cahier; *six eaux-fortes par Théaulon*, 1807. Manque une pièce.

307. **Thibault,** architecte. Monuments à la manière des Egyptiens, des Grecs et des Romains pour orner les jardins champêtres. Quatorze pièces.

308. **Thiboust** (B.) Mort de sainte Claire, d'après le Bernin, titre de livre. Deux pièces.

309. **Thomassin** (Philippe). Portrait équestre de Ph. Emanuel de Lorraine duc de Mercœur, au coin du haut à gauche les armes du personnage, on lit dans la marge, six vers italiens et six vers français, belle pièce, elle est rare.

310 — **Trémolière** (Pierre Charles). Le baptême, deux épreuves d'eau forte pure, la première, avant les figures dans le fond à gauche, la Confirmation, épreuve d'eau forte pure, trois pièces.

311 — Les deux mêmes estampes avec la lettre et retouchées.

Le Baptême épreuve d'eau-forte pure et les n. 11, 35 et 47, du livre d'académie.

312 — **Umbach** (Jonas). Nativité, la Vierge, l'enfant Jésus et saint Jean, saint Joseph et l'enfant Jésus, Jésus au jardin des Oliviers, la Magdeleine, Ecce-Homo, saint Laurent, saint François d'Assise, il tient un crucifix; autre saint François, saint Sébastien, saint Etienne, saint Laurent, saint Jérôme, saint Louis de Gonzague, Apollon écorchant Marsyas, ivresse de Silène, Berger buvant à une fontaine, Paysage avec ruines et pélerins, le Cordonnier, Enfant dans une basse-cour, Philosophe, divers paysages avec ruines, etc. 30 pièces à l'eau-forte. Cet article sera divisé.

313 **Van der Borcht.** Sainte famille, saint Christophe, Christ, Vulcain, un Ganimède d'après le Parmesan, et Galatée d'après le Corrège. Six pièces rares, quatre non décrites au Manuel de l'amateur, par M. Ch. Le Blanc.

314 **Van der Burg** père. Paysage à l'eau-forte dans le style du Guaspre, deux épreuves, une avant la retouche.

315 **Vallet.** Annonciation, d'après G. Courtois, Nativité d'après Raphael, la Nativité d'après le Carrache, Allégorie religieuse, titre de livre, cinq pièces.

316. Portraits d'Ant. Ferrand, dessiné et gravé par Vallet; le duc d'Alençon d'après Paillet, en 1774, André Sacchi d'après C. Maratte, Fabritius cardinal, Virgilius d'après Mola, cinq pièces.

317. **Vanloo**. (Joseph). Jacob d'après le Guerchin, Diane venant trouver Endymion, *Vanloo pinxit et sculp.* Philémon et Baucis d'après Rubens, Satyre jouant de la flûte de Pan, d'après Carrache, quatre pièces.

318 **Vauquier**. Livre de toutes fleurs d'après nature, suite de 12 pl. (manque le n. 1); Fleurs diverses, 1er état, quatorze pièces; deux suites de 12 pièces chaque, fleurs diverses, 1er état (manque le n. 1 a une suite).

319 Vase de fleurs propre pour peintres, brodeurs et dessinateurs, cinquante pièces de diverses suites, trois grands vases de fleurs, 1er état, avec l'adresse de Poilly ; huit sujets de figures et ornements. Cet article sera divisé.

320 **Verillat**. Trois paysages, Verillat del. et scul. 1791.

321 **Vernet** (Joseph). L'entrée d'un port où se voient des pêcheurs, deux pièces. *Vernet fecit.* — Les deux mêmes eaux-fortes.

322 **Vien**. Loth et ses filles, 1er état avant le trait carré; l'ambassadeur du Mogol et sa femme; deux bacchanales en forme de frise, Hercule et Déjanire, Vien 1763. Cinq pièces.

323 — Loth et ses filles, 2e état, deux bacchanales.

— Caravanne du Sultan à la Mecque, Mascarade turque représentée à Rome par les pensionnaires de Rome en l'année 1748, Trente pièces le titre double avec l'adresse de Fessard et celles de Basan et Poignant.

324 **Vincent**. Buste de Vieillard à cheveux blancs une calotte sur la tête et vêtu d'un manteau fourré; il est tourné vers la droite au bas du coin à gauche le nom et la date 1785, tracés à rebours.

Estampes par divers maîtres.

325 — **Maîtres Français.** Divers sujets et titres de livres par *Edmond Moreau*, saint Onufre par *J. Courbes*, un philosophe par *S. Vouillemon*, cinq pièces.

— Figures de hérault d'armes pour la science héraldique du blason, sur le dessin de *M. de La Colombière*, à Paris, chez Anthoine de Fer à l'âge de fer.

326 — David par Th. Guilain d'après Champagne, Philosophe, par J. Blondeau, saint Sébastien, par *Gagnière;* Pygmalion, *Pecou fecit* 1680, d'après E. Carton, Louis XIV, *Dieu inv. sculp.* 1698, ce portrait orne l'adresse de Dieu maître peintre; cinq pièces.

327 Ornements par Ladame, rinceau d'ornements par H. Brisuille, titre de livre par Jean Toutain 1658. Divers sujets par F. Bonnard 1785,

vignettes, par de La Boissière, paysages par Malpé, mascarade et paysage par J. Français; dix pièces plusieurs par des anonymes.

328 — Pièces d'ornementation et d'architecture, par Cuveiller; divers sujets et têtes, par Germain et Nicolet; fleurons d'après Thomas Blanchet; titre d'un ouvrage d'orfévrerie, par Loir et diverses pièces sans nom de maître; trente sept pièces.

329 — Adoration des rois, d'après Desray par Tanche; descente de croix. *R. Charpentier in et fe;* saint Thadée d'après Lanfranc, par F. de Louvemont; vignette pour l'École des femmes, de Molière, par Sauvé; Héliodore d'après Raphael, *Friquet exc.*; Repos en Egypte d'après Vouet par Langot; Joseph et Putiphar d'après de Troye par Galimard, 1744; Vénus et Adonis d'après Le Guerchin, L. R. sculp.; La Vierge, saint Charles et saint Ignace, *Dorigny del et scul* deux pièces allégoriques, une au duc de Bourgogne. Douze pièces.

330 — Le recouseur de faïence, la savoyarde d'après Dumesnil, par madame Lefort, la danse d'après Bénard, par Saint-Non, et une eau-forte par Gravelot. Cinq pièces.

331 — Jésus dans le désert, par Regnesson, Jésus et saint Pierre, par Vanschuppen, Benoit XIV, par Frey, trois vignettes bien gravées et belles épreuves.

332 — Paysages par Bonnart, diverses figures par

Latouche, vue de Saint-Pierre de Rome, marquée C. M. Paysages par Guélard, le feu par C. Holstein, paysage par Ravault en 1792. Vingt-une pièces à l'eau-forte, plusieurs par des anonymes.

333. — Adoration des rois, sujets de Vierges, repos en Egypte, Christ mort ; Lettres sur les tableaux du Salon par le juge ordinaire qui est un aveugle, pièce satyrique. Onze pièces à l'eau-forte par des anonymes, plus une Sainte-Famille, par Loir.

334. — Saint Paul, par B. Boullogne, saint André par Michel Corneille, enfants, par N. Silvestre, Judith, par Chasteau, sainte Marguerite de Hongrie, par Daret, Assomption de la Vierge, par Collin, divers titres de livres, par Baron, Poilly, etc., sujets de Vierges avec l'adresse de Mariette, et divers autres pièces sans noms de maîtres. Trente pièces à l'eau-forte.

335. — Un chien par Taraval, paysage par Lemoyne, un titre d'une suite de vases par Saly en 1746; un titre de livre d'architecture par Le Paultre, titre du deuxième livre d'académie de Vanloo, par Peronneau ; Paysage par Mazurie, d'après Borson. Huit pièces.

336. Ruines d'un temple et animaux par Cassus à Rome, 1779, bataille par Casanova, paysage par Pajot 1788, paysage par Répoux, fig. allégorique, par Taraval, saint Thomas, par Arnold Didelot, vue d'une colonnade par Demachy, pièce

d'architecture, par Hazon en 1748, une pièce par Michel-Ange Slotz, paysage par Jean Lemoyne, paysage et animaux, par Vasserot, en tout dix-huit pièces.

337. — Vues de Nancy, *Harpin in scul.*; têtes par Lemoyne, sujet au trait par Gagneraux en 1792, le temps et la vérité, par J. Boitard, deux vignettes par de La Serie 1807, jeune fille lisant une lettre avec sa mère, *P. A. Wille fils*, 1770; passage du Rhin par Bovinet, trois pièces dont un moine, par Damour, l'encensoir d'après Martin Schoen, l'enfer du Dante, deux pièces anonymes. En tout vingt-une pièces.

338. — Paysages et vues diverses, par J. Benoist, Chaufournier, Hortemels, V. Texier, Pallot, et autres maîtres français anonymes. Cinquante-une pièces à l'eau-forte, cet article sera divisé.

339 **Amateurs français**, XVIIIe siècle. Divers sujets, paysages, pastorales, vues diverses, bacchanale, etc., par madame Deboisfrémont, 1730; De Breteuil, le chevalier de Bonpare, mademoiselle Becquet, Crozat, Clermont, de Vassy, de Fauannes, Dargenville, Delanoue, le marquis de Bonnac, Caylus, Deplechin, Lorimier, de Langlade, Hardy de Famar de Mazière, Pomard mousquetaire, madame de Pompadour, de Jumilhac, Soubise, Malbette, le Pagellot, Latour d'Aigues, Tanche, Tufigny, Vatelet, etc. Soixante dix neuf pièces, cet article sera divisé.

Portraits.

340. Portrait de *Caroli V*, *imperator*, les armes le monogramme et l'année 1548, rare et non décrit.

341. — N. Colbert d'après Delaborde, par *Louis Cossin*, Jean Konismarch, d'après Dalh, les entretiens d'Ariste et d'Eugène, par *François Chauveau*. Trois pièces.

342. Portrait de Janson, Louise Anastasie de Serment d'après Lefebure, par Habert, Sébastien Truchet, carme, d'après Elisabeth Chéron par Thomassin; Ozanne médecin de Chaudras, à Paris chez Bonnart; Le Camus d'après Rigaud, par N. Tardieu.

343. — Mausolée de Bébé, nain du roi de Pologne duc de Lorraine; portraits de sœur Marie de Saint Joseph, dite Benoist Bucaille; G. Ribier conseiller d'état, par *G. Chasteau*, un architecte; un titre d'annonce d'avis divers, gravé par *Delafosse* d'après Eisen. Cinq pièces.

344 — Masaniello, il est représenté en pied, on lit : *Envoyé de Naples le pourtrait au naturel de Thomas Masaniello, pêcheur de la ville de Naples et chef des soulevés*. Pièce à l'eau-forte dans le goût de Flamen, elle est très-rare.

345. — Henri Emmanuel Meurice, Chirurgien à Paris. *Virien delineavit*, Tubœuf comte de Cay-

lus, J. Ducros, *Martinez pinxit et sculp.* Lactance Firmiani, dessigné par lui-même, Crébillon, par Bradol, cinq portraits à l'eau-forte.

346. — Portrait du charitable père Ragot ; grand Thomas, charlatan sur le pont Neuf, dans la marge on lit :

Grand Thomas avec son panache
Est la perle des Charlatans.
Il vous guérit du mal de dents
Quand il vous les arrache,

— Marguerite Françoise Duchesne, sur le tombeau du diacre Paris. Trois pièces.

347. — Epithalame du roi Louis XVI, l'an 1775, revue du roi ou trou d'enfer, par Moitte en 1784. Deux pièces à l'eau-forte.

348. — Le jeu des fortifications, une femme figurant la France, elle est le dos tourné, vêtue d'un manteau fleurdelysé, distribuant des cartes sur lesquelles sont des fortifications, à des hommes et femmes représentant les diverses puissances étrangères, pièce historique gravée dans le goût de celles de Lagniet, elle est sans lettres ni noms d'auteur, très rare.

349. — La religion, la justice, pièce allégorique sur les Jésuites ; l'apparition du cardinal Bellarin, et portrait de Louis de Ponte jésuite ; *Louis Moreau fecit*. Trois pièces.

350 — La journée des poignards, *Jourdain inv. et sculp*. Epreuve avant les mots, 28 février 1791 ;

défense de la redoute de Montenesimo par le chef de brigade Rampont, *Vicar inv. à Florence.* Deux pièces.

351. — Combat de saint Cast 1758, par *Ozanne*, plan projeté de l'hôtel royal des invalides lors de son établissement, vu du côté du dôme, vue du dedans de l'église de Port-Royal au faubourg saint Jacques à Paris, par Ant. *Le Paultre*, plan de la ville de Lille en 1667, la cavalcade du pape lorsqu'il prend possession de saint Jean de Latran, par *Falda*, arbres des états et offices de France, par Ch. de Figon, arcade élevée à Henri II, aux Tournelles, ces deux pièces gravées en bois. Sept pièces.

352. **Antoine**, 1764. Plan et profil de la ville d'Auxonne.

353. — Plan et profil au naturel de la ville d'Orléans, par *G. Hotot*. Ce plan avec la légende est très-rare.

Estampes par divers maîtres français, italiens, allemands et flamands.

354. **Anonyme,** graveur en bois. Sujets tirés de l'histoire des Juifs, de Josephe, édition de 1566. Dix-huit petites pièces.

355. **Anonymes.** Mars et Vénus, pièce libre dans le goût de Réné Boyvin.

356 **Anonyme,** XVIIe siècle, sujet biblique, composition d'un grand nombre de figures, portrait d'Urfé et de sa maîtresse, et de quercetani, portrait marqué N. B.

357. — Diverses pièces pour la physique marquées M. Z. Chasse au lion, par G. Peters, emblêmes par Flamen, paysage par Soubeyran, divers sujets et paysage par des anonymes, en tout vingt-neuf pièces.

358. — Six hommes couchés au pied d'un arbre, pièce emblématique, XVIe siècle.

359. **Anonymes**. Une chasse au cerf, une cascade sous un pont 1760, Eudamidas, croquis de figures, etc. Sept pièces.

— Paysage, architecture, etc. Quinze pièces sans marques par des peintres et amateurs français.

360. **École française.** Pièces de maîtres à monogrammes, saint Louis de Gonzagues, continence de Scipion, la création, Marius, etc. Quatre pièces.

361. — Sept pièces anonymes, dont une bataille, par Colignon, pour les guerres de Strada.

362. **École d'Italie.** Christ mort, d'après An. Carrache, *Colbiensis F.* Vierge au donataire, Cléopâtre, d'après le Guide, deux différentes compositions; Jupiter et Vulcain d'après An. Carrache, par Delpo, deux cariatides, *Saint-Mart. de Bal. inv.*; les saintes femmes, pièce marquée, B, M. 1614. Neuf pièces.

363. **Franco**. Adoration des rois et Christ mort. Deux pièces.

364. **Léoni** dit le **Padouan**(Octave). Portrait de Pesaro, 1625.

365 **École allemande** et **hollandaise**. Copie de la petite vendange de Marc-Antoine, par Hopfer, paysage par Genoels, pièce d'après Van-Uliet, sujet de martyrs, d'après Rubens. Quatre pièces.

366. **Hemskerck** (Martin). Le serpent d'airain, pièce capitale du maître, et un autre sujet d'histoire. Deux pièces.

367. **Rogman.** Un paysage à l'eau-forte.

368. — Les quatre éléments, par Sadeler d'après Devos, deux paysages, par Steph. Marcus, une pièce par Maulbersch, titre des hommes illustres de Thevet, Paris, Keruert 1584. *Par des anonymes*, saint Laurent, Diane, la communion, dans le goût de Tiépolo, paysages d'après Lantara, par Demanchy, les pêcheurs, à l'eau-forte, par J. Vernet. Treize pièces, plus deux eaux-fortes, par Feuchères sculpteur.

369. **Zix** (Benjamin). Bivouac d'infanterie légère et de hussards, le délassement, la halte, traîneur, vivandière, prise de tabac, un général, le cavalier et son cheval mort, deux vues de Nideck, les blessés. Quatorze pièces, une est de trois états différents.

École de Fontainebleau.

Boyvin (René). Vol. VIII du *Peintre graveur Français.*

370. Un prophète d'après Michel-Ange (2), Socrate et Xantippe sa femme, d'après maître Roux (14), Un sacrifice d'après maître Roux (15), la piété filiale, d'après maître Roux (17). Quatre estampes.

371. La nymphe de Fontainebleau d'après maître Roux (18), copie très-exacte d'une belle estampe du maître.

372. — Clélie et ses compagnes, s'échappant du camp de Porcenna (19), très belle pièce d'apr. Jules Romain.

373. — Le dieu Mars (22), Pallas (23), Neptune et Céres (25), les Parques (31), Hercule (32). Cinq pieces d'ap. Lucas Penni et maître Roux.

374. — Mars (22), Pallas (23), sacrifice, d'après le Rosso, Histoire de Jason et de l'origine de la toison d'or. Vingt-trois pièces, plusieurs doubles; cet article formera deux lots.

375. — Orfévrerie (171 à 179), suite de dix pièces rares (manque le n. 177).

376. — Panneaux d'ornements où sont représentés les planètes, dix pièces de la suite des seize d'ap. le Rosso.

377. — Portrait de Jean-Hus, double 2e état, avec le titre de Zénon; J. Spina, Luther, Mélanchton.

double 2e état avec le nom d'Anaxagoras; Clément Marot, et copie en sens contraire, et Zuingle. Dix pièces.

378. — Satyre portant un jeune Bacchus et un Amour sur une brouette, il se dirige à gauche; la Vierge, Jésus, saint Jean et sainte Anne, d'après Michel-Ange. Diane, Pluton, Bacchus Ariane et un des travaux d'Hercule, d'ap. maître Roux (cette dernière citée par Bartsch à Caraglio). Six pièces non décrites.

379. **Léon Davent.** La Magdeleine portée au ciel par des anges (4).

380. — Le Sauveur sur un nuage peuplé d'anges (9), d'ap. Jules Romain.

381. — Alexandre domptant Bucéphale, d'ap. le Primatice (12), épreuve avant l'adresse.

382. — L'empereur Marc-Antoine offrant un sacrifice (14), d'ap. un dessin du Primatice. Cadmus combattant le dragon (42), d'ap. le Primatice.

383 — Psyché puisant de l'eau à la fontaine gardée par des dragons par ordre de Vénus, d'après Jules Romain (46).

384. — Hercule couché près d'Omphale et se réveillant à la lumière d'un flambeau qui lui fait apercevoir la volupté et la sensualité dont il est environné, d'ap. le Primatice (50).

385. — Mars et Vénus servis à table par l'Amour, les Grâces et les Nymphes, d'ap. Lucas Penni (52).

386. — Vulcain et les Cyclopes forgeant des flèches pour l'amour, d'ap. Lucas Penni (56).

Fantuzzi dit **Antoine de Trente** (Antoine). Bartsch. vol. XVI, p. 334.

387. — Un empereur romain au milieu de sénateurs et soldats sur une place publique, d'ap. maître Roux (24), dessin d'une grotte artificielle et ornée de bustes de bacchants (35). Cette grotte existe encore à Fontainebleau.

Dominique del Barbiere. Bartsch. vol. XVI.

388. Lapidation de saint Etienne (1), groupes tirés du Jugement dernier de Michel-Ange (2 et 3), deux hommes écorchés (8). Quatre estampes.

389 — Adam et Ève (3), adoration des rois (14), l'adoration des Mages (15). Trois pièces d'ap. Lucas Penni, épr. sans les bordures.

Anonymes de l'école de Fontainebleau, Bartsch, vol. 16, page 374.

390. — Dieu créant Ève pendant le sommeil d'Adam (2).

Saint Jean prêchant (38), Pâris enlevant Hélène (42), épreuves sans les bordures.

391. — Les Grecs se rendant maîtres du palais de Priam (14), le cheval de Troie (45), deux pièces d'ap. Lucas Penni, par Despêches.

392. — Une femme à genoux retient un guerrier qui veut tuer un jeune homme (46), Marcus Curtius (47). Deux pièces d'après Lucas Penni, par Despèches et J. Migon.

393. — Les deux mêmes estampes.

394. — Marcus Curtius (47), sans la bordure, Mars et Vénus (52), Hercule amoureux d'Omphale se laisse habiller en femme pour lui plaire, d'ap. le Primatice (67). Trois pièces.

395. — Vulcain et les Cyclopes, d'ap. le Primatice (71), pièce gravée dans le goût de Louis Ferdinand.

396. — Jupiter et Antiope (72), d'ap. L. Penni, danse de Dryades d'ap. maître Roux (74), trophée d'armes (153, 158).

397. — Proserpine confiant à Psyché la boîte remplie de beauté pour la porter à Vénus (74), d'ap. Jules Romain.

398. — Bataille entre des cavaliers et des guerriers à pied (96), d'ap. Lucas Penni, par Despêches.

399. — Sujet de bataille (98), d'ap. Jules Romain.

400. — La même estampe.

401. — L'Amour décochant ses flèches sur des jeunes gens qui s'abandonnent à la volupté, ce sujet dans un cartouche d'ornements (125). Cette pièce est gravée par Androuet Ducerceau, elle est très-rare.

Pièces non décrites par Bartsch.

402. Adoration des rois, neuf figures dont un homme monté sur un chameau, cinq lutteurs, l'Envie. Trois pièces.

403. — Un jeune homme porté vers la porte d'une ville, sujet peint à Fontainebleau attribué par Bartsch à Claude Rugieri (n. 1 p. 415 vol. XVI), guerrier près d'une tente sur laquelle on lit : à Fontainebleau, dix hommes nus dont deux se meurent, tête de guerrier avec monogramme inconnu. Quatre pièces par des anonymes.

413. — Un Terme, représentant une des muses et un panneau d'ornements, dont le milieu représente le triomphe de Vénus. Deux pièces.

Léonard Tiry.

404. 1. *Les amours de Jupiter et de Calisto*, suite de douze estampes chiffrées de 1 à 12, au milieu de la marge du haut. - Larg. 225 à 227 millim. Haut. 132 millim., dont 15 de marge, 5 au haut et 10 au bas.

(1) Jupiter aperçoit du ciel l'embrasement dont Phaéton fut la cause. On voit le maître des Dieux assis sur son aigle à la gauche du haut ; dans la marge du bas est écrit, au milieu : *Jupiter à Cælo, Phaetont incendia Visit. Leonardi Thiry, Belgæ, pictoris longi excellentiss. inuentum* · et à gauche : *Cum privilegio Regis.*

(2) Calisto recevant les embrassements de Jupiter. On les voit à l'ombre d'une forêt, à la droite du bas. Pièce libre et très rare. On lit dans la marge du bas : *Ab Ioue, per Sylvas errans, compressa Calisto.* — Manque.

(3) Le maître des Dieux remonte dans l'Olympe. Il anime l'espace, à la gauche du haut. — *Prægnantem et sensis, superas conscendit ad auras.* — Deux épreuves sans différences.

(4) Diane découvre la grossesse de Calisto. La déesse se baignant dans une rivière, à la droite du bas, porte ses regards sur ses nymphes, l'une assise et les autres debout sur la berge. Les initiales du maître L. D. se voient vers la gauche du bas. — *Non patitur Diana scelus, reiicitqz Calistum.*

(5) Calisto met au monde Arcas. La mère et l'enfant se

remarquent à l'ombre d'une forêt vers le milieu du bas. Junon, transportée de colère, paraît au ciel, à gauche. — *Arcadem in Syluis peperit, hinc percita Iuno.*

(6) Junon furieuse terrasse Calisto. La scène se passe au milieu du devant où l'on voit les lettres L. D. venues à rebours. — *Consternit illam pugnis, mortemqꝫ minatur.*

(7) Calisto changée en ourse par l'implacable Junon. Cela se passe au milieu du devant. — *Verbera dùm cessant, facta est mox, vrsa Calisto.* Deux épreuves : 1° celle qu'on vient de décrire ; 2° on lit au-dessous de l'inscription rapportée : *Junon quand elle cessa de la battre, Calisto fut changée en ourse.*

(8) Calisto métamorphosée implore Jupiter. On la voit, suppliante, à la droite du bas. — *Ingemit vrsa nephas, cœlumqꝫ vlulatibus implet.* Deux épreuves : 1° celle qu'on vient de décrire ; 2° on lit au-dessous de l'inscription rapportée : *L'ourse se plaint de l'indignité de cette action et remplit l'air d'hurlements.*

(9) Jupiter la reçoit au ciel à la droite du haut. Arcas, saisit d'effroi se remarque au milieu du devant. Les lettres L. D. se voient dans l'angle bas de la gauche. — *Forte Arcas Vrsam perimit. Hanc Jupiter audit.* — Manque.

(10) Il en forme une des constellations. Les lettres L. D. se remarquent à la gauche du bas, en deçà de la souche du plus gros des arbres qui s'y voient. — *Colocat in Cœlum Vrsam, atqꝫ inter astra reponit.*

(11) Junon prie Neptune de ne pas permettre que cette constellation se couchât jamais dans la mer. — *Concitat ob celus hoc Neptunia, numina Iuno.*

(12) Sa prière exaucée, Junon se retire dans l'Olympe, elle anime l'espace à la gauche du haut. — *Hinc cœlum redit Est mala mens sibi conscia recti.* — Manque.

Douze pièces.

11. ***Les amours de Pluton et de Proserpine,*** **suite de douze estampes chiffrées de 1 à 12 dans le milieu de la marge du haut. Larg. 226 à 228 millim. Haut. 132 millim., dont 15 de marge, 5 au haut et 10 au bas.**

(1) Pluton sous les auspices de Vénus et de l'Amour, quitte le séjour des enfers et va courir le monde. On le

voit sur son char traîné par trois coursiers, dirigé à gauche. On lit dans la marge : *Plutonem, Veneris iussu, ferit arte Cupido. Leonardi Thiry, Belgæ, pictoris longe excellentiss. inuētum.*

(2) Il enlève Proserpine. On le voit sur son char porté sur les nuages au-dessus du lac Pergus faisant la limite d'une forêt où l'on remarque quatre des compagnes de Proserpine, qui répand sur elles les fleurs qu'elle cueillait lors de l'évènement. A la gauche du bas sont les lettres L. D. On lit dans la marge : *Ex Pergusa Hecaten rapit ad sua tartara Pluto.*

(3) Les compagnes de Proserpine la cherchent dans les eaux et dans l'air. Les initiales du maître, L. D., se voient à la droite du bas — *At Nympharum Hecates scapulis timor addidit alas.* — Manque.

(4) Pluton avec sa proie prêt à descendre dans son royaume, change en fontaine la nymphe Ciane qui voulait s'opposer à sa marche. — *Plutoni Cianes aditum, non terra negauit.* — Manque.

(5) Cherchant sa fille Proserpine, Cérès assise à la porte d'une cabane, reçoit à boire de la vieille Baubo, et change en lézard le jeune Stellio. — *Stellio fit Cererem irridens puer : illa sitibat* : Deux épreuves, 1° celle qu'on vient de décrire ; 2° on lit au-dessous de l'inscription rapportée. *Vn Enfant qui se moquait de Ceres qui auait soif fut changé en lesard.*

(6) La nymphe Ciane montre à Cérès la ceinture de Proserpine et lui fait connaître la route qu'elle a tenue.— *Ostendit Cereri Cianes quod nata reliquit.* Trois épreuves dont deux du premier état qui est celui qu'on vient de décrire, et une du second état où au-dessous de l'inscription rapportée on lit : *Ciane montre à Ceres ce que sa fille a laissé.*

(7) Cérès désolée maudit tout ce qui sert aux travaux des champs, hommes et animaux.— *Deuastat Siculos frugum deo funditus agros.*

(8) La nymphe Aréthuse informe Cérès que Proserpine était femme de Pluton et reine des Enfers. Les lettres L. D. finement tracées se voient à la gauche du bas. — *Hic Arethusa docet Cererem, Proserpina quō sit.* Epreuve de premier état, celles du second offrant, au-dessous de l'inscription rapportée, ces mots · *A Rethuse apprend à Ceres où est Proserpine.*

(9) Cérès porte plainte à Jupiter dans l'Olympe. -- *Ad genitus Cereris flectuntur numina Olimpi.*

(10) Ascalphe voit Proserpine cueillir une grenade dans le jardin de Pluton. — *Tartareos gustans fructus Proserpina visa est.*

(11) Proserpine punit l'indiscrétion d'Ascalphe en le changeant en hibou. Les initiales L. D. se voient sur la tranche d'un tronçon de colonne gisant à la droite du bas. — *Detulit Ascalphus Hecaten, fit noctua ditis.*

(12) Jupiter dans l'Olympe règle, en présence de Cérès et des autres divinités, que Proserpine serait obligée de passer six mois dans les Enfers et six mois chez sa mère. — *Ditis ac Cereris componit Iupiter iras.* Deux épreuves de cette estampe conforme à notre description.

Quatorze pièces.

III. *Morceau traité dans le goût des suites qui précèdent* : Vestiges de monuments somptueux, parmi lesquels on remarque, à droite, un temple en rotonde, précédé d'une pyramide cachée en partie par des atterrissements, et à la gauche du fond deux colonnes triomphales et un obélisque. Sur le premier plan, de ce dernier côté, sont deux figures assises vues de dos. Morceau anonyme. Larg. 227 millim. Haut. 127 millim. dont 10 de marge blanche.

IV. Trois moyens paysages, dépendant d'une suite nombreuse dont voici les dimensions :

Larg. 233 à 239 millim. Haut. 155 à 165 millim. dont 1 à 3 de marge.

1. *Romulus et Rémus.*

Paysage orné de monuments en ruine et jonché de débris d'architecture au milieu duquel on voit une femme couchée, livrée à la méditation et entourée d'instruments des sciences et des arts. La louve allaitant Romulus et Rémus se voit à droite sur le second plan. Morceau anonyme.

2. *Le terme de Priape fustigé.*

On voit à droite le terme de Priape que deux enfants fustigent. Beaucoup d'autres enfants animent cette composition au centre de laquelle s'élèvent deux colonnes unies par un architrave avec arcs naissants. Dix de ces enfants sont à terre et deux embarcations, qui en sont chargées, se voient à gauche. Les lettres L. D. sont sur une colline à la droite du bas, au-dessous d'un enfant jouant de la trompe.

3. *Le pont de pierre ruiné.*

On remarque vers le milieu de ce morceau un pont de pierre couvert en partie d'arbres et de buissons qui y ont pris naissance. Ses trois arches livrent passage à des eaux formant cascades se rendant à droite où l'on remarque un autre pont d'une seule arche sur lequel on voit deux figures s'entretenant. Quatre enfants sont assis au milieu du bas, et quatre autres cherchent à débarquer un de leurs camarades assis sur le tronc d'un vieil arbre à gauche. Morceau anonyme.

V. La vingt-sixième des 60 estampes décorant les quatre premiers livres des Navigations et Pérégrinations orientales de N. de Nicolay, in-fol. Lyon, Guillaume Roville, 1568. C'est celle au haut de laquelle on lit de la main de l'artiste : *Habit et manière antienne des Peiches ou Laquaïs du grand seigneur.* Les lettres L. D. sont sur une pierre à la droite du bas.

405. **Boissieu** (Jean-Jacques de). Son œuvre en très belles et anciennes épreuves, plusieurs avec remarque et provenant de la vente du cabinet du comte Rigal en 1817, voyez ce catalogue et celui du Manuel des Amateurs de M. Leblanc, dont nous donnons les numéros comme étant le plus récemment publié (1).

— Saint Jérôme (Le Blanc, n° 1), belle épreuve, la planche non ébarbée.

---

(1) Cet œuvre sera présentée sur table dans son intégrité. Si la mise à prix n'est pas couverte, il sera divisé en 20 lots.

— Pères du désert (2), épreuve très rare sur papier de Chine, retouchée au bistre par M. de Boissieu qui a écrit au crayon dans la marge : *Bon pour lavé, pure eau forte avant la retouche.* Au verso de cette épreuve une autre du troisième état de la planche terminée.

— La même estampe. Belle du troisième état.

— Chatte assise, devant elle un petit chat (4), épreuve sur papier de Chine.

— La même estampe.

— Quatre études, un vieillard les mains jointes (5), D.B. 1770.

— Trois études, têtes d'hommes et tête de béliers. 1803 (6), la copie par un artiste à monogramme.

— Sept études, dont deux vieillards coiffés de turbans (7) 1795. Deuxième état, le fond non ébarbé.

— Huit études, dont un joueur de guitare (8), épreuve sur papier de Chine.

— Huit études de tête, dont vieillard à chapeau rond relevé (9).

— Douze études, de ce nombre un homme auquel on fait la barbe (10).

— *Livre de Griffonemens, inventé et gravé par de Boissieu, à Paris chez Pariset.* Suite de six pièces (11 à 16) sans numéros, à trois le nom de Boissieu. Rare.

— Huit études, dont une dame coiffée en cheveux (17).

— Deux griffonnements, une vieille fileuse et un vieillard (18).

— Promenade du pape Pie VII sur la Saône, lors de son passage à Lyon en 1805 (19). Très belle épreuve.

— Portrait de J.-J. de Boissieu (20), J.-J. D. B. 1796. Belle et rare épreuve du deuxième état, avec le portrait de la femme de l'artiste sur la feuille de papier qu'il tient à la main.

— Le même portrait, troisième état, avec le paysage à la place du portrait de femme.

— Portrait du frère de M. de Boissieu (21).

— Pie VII vu à mi-corps (22) avant les derniers travaux à la roulette.

— Pie VII bénissant les enfants (23), D. B. 1805, très belle épreuve avant les derniers travaux à la roulette.

— La servante de M. de Boissieu (24), première épreuve avec une coulure d'eau-forte.

— Les moines au chœur (25), J.-J. B. 1795, très belle, troisième état.

— La soirée villageoise (26), très belle épreuve sur papier de Chine, deuxième état.

— L'écrivain public (27). Très belle épreuve avant les derniers travaux.

— Les grands tonneliers (28), D. B. 1790. Très belle épreuve avant les derniers travaux.

— Intérieur de ferme (29), D. B. 1793.

— Intérieur de ferme à droite, un vieillard et cinq enfants (30), D. B. 1780. Très belle épreuve.

— Le maître d'école (31), D. B. 1780. Très belle.

— Le maréchal ferrant (32), premier état avant l'adresse de Frauenholtz.

— L'aumône (33), J. de B. 1780.

— Le vieux mendiant assis (34), c'est le portrait du vieux Gérard natif de Chasselay.

— Le maître d'école (35), premier état d'eau-forte pure.

— La même estampe avec les travaux à la roulette.

— Les enfants et le chien (36), avant les derniers travaux.

— La leçon de botanique (37), très belle épreuve d'une charmante petite pièce.

— Deux autres épreuves doubles de la même estampe.

— La fête champêtre (38), premier état avant l'astérisque.

— La même estampe, deuxième état avant la marque de l'étau effacée.

— Les petits charlatans (39), premier état avant l'astérisque.

— La même estampe, deuxième état.

— Les petits tonneliers (40), premier état avant l'astérisque.

— La même estampe, premier état papier de Chine, deux épreuves.

— La gouvernante (41), très belle épreuve d'une pièce très rare, elle manquait à la collection Rigal.

— Les faiseurs de bulles de savon (42), belle épreuve du deuxième état.

— Une contre épreuve sur papier de Chine, de la même estampe, du premier état ; elle a été retouchée par M. de Boissieu à l'encre de Chine et imitant un dessin. On lit dans la marge : *Eau-forte pure*.

— Peintre peignant un vieillard à longue barbe (43), belle épreuve terminée.

— Vieillard jouant du hautbois, deux paysans l'écoutent (44), premier état d'eau-forte pure, très rare.

— La même estampe, deuxième état.

— Vieillard jouant de la vielle de la main gauche (45), belle épreuve avec les barbes de la planche.

— Vieillard jouant de la vielle (46), premier état, épreuve tirée sur satin.

— La même estampe, deuxième état.

— Vieillard à front chauve (47), très belle épreuve, le fond sale.

— La même, deuxième état.

— Vieillard vu de face un bonnet sur la tête (48), D. B. 1770.

— Homme tourné vers la gauche, tête nue (49).

— La boudeuse, vieille femme (50), le fond non ébarbé

— Tête de vieillard à grande barbe (51).

— Homme vu de trois quart, d'après Van Dyck (53), premier état.

— Homme les mains croisées, d'après Teniers (54), premier état.

— Les grands charlatans, d'après Carle Dujardin (55), deuxième état, avant l'astérisque, belle pièce.

— La même estampe, troisième état.

— Vue de la rivière de l'Ain (56), D. B. 1774. Belle épreuve, avec la marque de l'étau.

— Vue de l'Arbresle en Lyonnais (57), deuxième état, papier de Chine.

— Vue du sépulcre de Cécilia Metella (58), deuxième état, épreuve sur papier de Chine.

— La même estampe, troisième état.

— Vue de Fontainebleau à Bouron (59), premier état avant le deuxième point, après l'année 1764.

— Fontainebleau, entrée de la forêt (60), troisième état.

— Vue du passage de Garillano (61), deuxième état.

— Entrée du village de Lantilly, pièce dite les Petits Maçons (62), très belle épreuve d'une pièce estimée.

— Vue de l'ancienne porte de Vaize à Lyon (63), pièce dite le Jeu de boule. J. J. D. B. 1805.

— Vue de l'Ile Barbe à une lieue de Lyon (64), état non décrit, avec le titre, le trait dans la marge non ébarbée et avec l'adresse de Frauenholtz.

— Vue du Champ-Vert près Lyon (65), deuxième état

— La même estampe, troisième état.

— Vue de la fontaine Choulan (66), premier état, avant les deux autres points ajoutés à celui qui suit la lettre F.

— Quatre vues de Lyon (67 à 70), le nº 70 avec l'adresse de Joullain, état non cité.

— Vue du château de Madrid (71), premier état, la même deuxième état.

— Temple du Soleil à Rome (72), deuxième état.

— La même estampe, troisième état.

— Vue près d'Aquapendente (73), troisième état.

— Vue du pont Lugano (74), premier état.

— La même estampe (74), troisième état.

— Vue de Saint-Andéol en Lyonnais (75), deuxième état.

— Vue du château et du pont de Sainte-Colombe en Dauphiné (76).

— Saint-Romain sur Gier en Lyonnais (77), premier état.

— Chantier de Savigny (78).

— Vue du temple de la Sibylle à Tivoli (79), premier état, épreuve sur papier de Chine, rare.

— Vue du temple de Vesta (80), premier état.

— L'ermitage (81), deuxième état, avant les derniers travaux.

— Vue de montagnes avec cascades. D. B. 1764 (82).

— Vue d'une cascade tombant d'une maison très élevée. D. B. 1764 (83), premier état.

— La grande forêt. D. B. 1798 (84), très belle épreuve terminée, pièce capitale du maître et la plus grande de l'œuvre; on lit dans la marge : *Épreuve de choix*, écrit au crayon par M. de Boissieu.

— Les grandes vaches (85), très belle épreuve.

— Des hommes au bord d'une rivière d'où ils viennent de tirer un noyé (86).

— Villageois conduisant une charrette sur un pont de trois arches en pierre (87), deuxième état avant les derniers travaux à la roulette.

— Des villageois se reposant au coin d'un bois, près d'une femme qui fait manger son enfant. J.-J. D. B. 1804 (88).

— L'oratoire (89), épreuve du tirage de M. Rossi.

— Un homme à cheval, un rustre et deux vaches passent à gué une rivière (90), épreuve où on lit : *Épreuve choisie*, écrit de la main de M. de Boissieu.

— La cascade (91), premier état papier de Chine.

— Les deux hommes dessinant (92).

— Paysage traversé par une rivière, à droite les colonnes d'un temple (93).

— Vieille chapelle entourée d'arbres (94), deuxième état.

— La digue (95).

— La même estampe.

— Vieux château délabré où est un cabaret (96), premier état, sur papier de Chine.

— Bateliers conduisant un bateau chargé de vieux arbres (97), premier état.

— Pâtre à pied et femme à cheval (98).

— Entrée de forêt (99), deuxième état avec l'astérisque.

— Entrée de forêt (100), premier état avant l'astérisque.

— La même, deuxième état, avec l'astérisque.

— L'Hiver (101), premier état. Le Printemps (102), premier état.

— Paysage où est une baraque en planche et en paille (103), premier état.

— Pays coupé par une rivière, qu'un pâtre et des animaux passent à gué (104), épreuve papier de Chine.

— Anesse debout près d'un ânon debout (105).

— Petit bois pris à Saint-Jean de Thoules, campagne de M. de Boissieu (106), premier état avant le fond nettoyé.

— Site dans lequel on remarque des rochers tombant en cascades (107). Manque.

— Vue de mer, d'après Asselin (108), premier état sur papier de Chine.

— Moulin d'Italie (109), troisième état.

— Les laveuses (110), premier état.

— Paysage traversé par une rivière sur laquelle est un pont à trois piles (111).

— Paysages (112 à 121), à la première on lit : Suite de dix paysages gravés à l'eau-forte par Boissieu, peintre à Paris, chez Basan. Premier état avant la lettre et les numéros et non terminé. Très rare, (manque les nos 7 et 9).

— La même suite avec les numéros et les lettres, plus le no 4 du premier état.

— Paysages (122 à 127), à la première on lit : Paysages dessinés et gravés par J.-J. D. B. à Lyon 1739, à Paris chez la veuve de F. Chereau, premier état avant l'adresse de Chereau et avant les ciels. Rare.

— Paysages d'après le tableau de Fouquière, du cabinet Mariette (128).

— Grand paysage d'après Wynants (129), belle épreuve d'un troisième état non décrit.

— Villageois prêt à passer à gué une rivière où sont deux vaches et un chien, d'après Berghem (131).

— La même estampe.

— Pays montueux : sur le devant des pâtres et des animaux (132), premier état.

— La digue rompue (133), très belle épreuve avant la planche nettoyée.

— Vue d'une campagne (134), troisième état.

— Le moulin à eau d'après Ruisdaël (135).

— La même estampe.

— Le moulin d'après Ruisdaël, vers la gauche un homme conduit un bateau où sont quatre paysans et un cheval (136), contre épreuve retouchée comme un dessin, on lit : *Pour M. Tronchin*, écrit de la main de M. de Boissieu.

— Paysage coupé par un rocher où un homme se repose, à droite un champ de blé, d'après Ruisdaël (137), deuxième état.

— Un pâtre et un taureau traversant une rivière (138), troisième état, le fond sale.

— Le repos des faucheurs, d'après Adrien Van den Velde (139).

— Paysage d'après N. Poussin (140), tirage de M. Rossi.

— Paysage d'après Claude le Lorrain (141).

— Vue d'un port (142).

Les nos 4, 17 et 18 épreuves modernes.

— Une feuille d'étude de cinq têtes, dont une d'homme à chapeau légèrement indiqué, pièce dans le goût de Boissieu.

— Une tour, d'après nature ; on lit A. B.

— Intérieur d'écurie où s'ébattent sur la paille un homme et une femme ; on lit : Dédié à M. le baron D'Aiguesmorte. A Boissieu fecit 1787.

Dessins par **De Boissieu.**

— Parade sur une place d'une ville d'Italie, dessin inachevé.

— Vue de l'Ile Barbe sur la Saône, à une lieue de Lyon, au premier plan des bateaux et plusieurs figures. Très beau dessin lavé et coloré.

— Un dessin au crayon sur papier végétal, représentant

une scène de famille, de cinq figures, sur une terrasse dans le style italien.

— Croquis au crayon sur papier végétal, paysages, deux dessins.

— Vues de fabriques d'Italie de Pierre encise à Lyon, diverses figures, quatre croquis.

406. Œuvre de **Jean Le Paultre**, architecte, 4 vol. in-4, rel. en veau, contenant 1182 pièces, très belles épreuves avec les adresses de Le Paultre, de Langlois, de Le Blond, Jollain, Van Merlen et Mariette.

Premier volume, 314 pièces, dont le titre où se lit : Le Paultre, architecte et graveur ordinaire du roi, montre à dessiner, l'architecte, la figure et l'ornement, le paysage, etc., le portrait de Le Paultre, avec l'adresse de Gantrel. Port³ cochères, 10 pièces; cheminées et lambris, 54 pièces en neuf cahiers; grandes cheminées, 12 pièces; alcoves, 35 pièces en six cahiers, livre de lit à la romaine, 6 pièces; plafonds et quarts de plafonds, 40 pièces; angles et quarts de plafonds, frontons, 26 pièces; plafonds d'après Farinati, 4 pièces; portes, 6 pièces; jets d'eau et fontaines, 30 pièces; paysages, 24 pièces; histoire de Jésus, mort de Sénèque, 7 pièces; nouveaux dessins de jardin, grottes et vues de jardins, 24 pièces; grandes fontaines, 6 pièces; grandes vues de grottes et jardins et treillages, 24 pièces; diverses galères, 4 pièces et une vue de la maison de M. le président Bretonvillier, dans l'île Notre-Dame.

Deuxième volume, 297 pièces, dont : Ornements pour embellir les chapiteaux, ornements, frises, montants, rinceaux, frises, feuillages, Tritons, onze cahiers de six feuilles avec les adresses de Mariette, 66 pièces; frises d'enfants, 12 pièces avec les adresses de Van Merlen, grandes frises, 12 pièces avec l'adresse de Le Blond; frises, ornements à la moderne, chasses et feuillages, 24 pièces; grandes frises, feuillages, 12 pièces; grotesques et mauresques à la romaine, 18 pièces avec les adresses de Mariette; montants d'ornements à la romaine, 12 pièces avec les adresses de Mariette; grandes frises dans le palais Médicis, 1.45 Panneaux d'ornements, 42 pièces en sept caliers; placart de chambre et alcove, lambris, panneaux, 32 pièces; casques, 4 pièces avec l'adresse de Le Blond; trophées d'armes à l'italienne, 18 pièces avec l'adresse de Mariette et de Poilly; grilles, 4 pièces; écussons et entrée de ferrures, 6 pièces; dessins pour les carrosses; trophées à l'antique, 1680, 4 pièces avec l'adresse de Le Blond; livre de serrurerie dessiné par Jean Le Paultre et gravé par Jacques Le Paultre, 8 pièces; trophées d'armes, 12 pièces avec l'adresse de Mariette.

Troisième volume contenant 316 pièces. Portes d'église à l'italienne, dessins d'autels, retables, tabernacles, 56 pièces avec l'adresse de Jollain, Poilly et Mariette; portrait de Notre-Dame dite de la Paix; tabernacles, Christ en croix, portes de chœurs, confessionnaux, chaises à prêcher, bancs de Marguillier, clôtures de chapelle, livre de cartouches et mausolée, tombeaux, 78 pièces avec les adresses de Mariette. Un frontispice d'après Dieu, avec le portrait du duc du Maine. Nativité, saint Jérôme, Mater Amabilis, deux sujets mystiques, 5 pièces; vases à la moderne et à l'antique, onze suites de 6 pièces chacune, avec les adresses de Langlois, Poilly et Mariette, 66 pièces; grands vases, 10 pièces; fontaines et cuvettes, 12 pièces; salières et cartouches, bénitiers, livres de divers morceaux d'orfèvrerie, 30 pièces; bordures de tableaux à la romaine, 12 pièces; livre de miroir et guéridon, les cabinets, les candelabres, grands tableaux avec bordures, 36 pièces; nouveau livre des Thermes, 12 pièces; chiffres et armoiries, 2 pièces; vignettes pour l'art universel des fortifications, 5 pièces; trois lettres ornées, 3 pièces.

Quatrième volume contenant 255 pièces. Sujets d'histoire et de la fable, 55 pièces; alcoves à la romaine et sujets divers, 30 pièces; sujets d'histoire dédiés à Charles Patin, 6 pièces, grandes alcoves, 1667, sujets de l'ancien Testament 24 pièces; paysages dans des bordures, 18 pièces avec l'adresse de Mariette; sujets de noces champêtres, de Gueux, 7 pièces; confrérie du Saint-Rosaire, de l'art des devises, vignettes, 5 pièces; scènes d'Amadis et des Argonautes, 6 pièces; la Cène, académies, 4 pièces; deux vignettes, la connaissance des temps, livre de musique pour le luth, 1680, 5 pièces, portes décorées de la ville de Paris, dont : porte Saint-Antoine, carrefour Saint-Gervais, pont Notre-Dame, Marché-Neuf, obélisque sur le Pont-Neuf, sept pièces; sujets et médailles à la mémoire de la famille des Ros taings, 14 pièces; livre de portraiture dédié au duc d'Enghien. Paris, Jollain, 33 pièces; livre d'académie propre à bien dessiner, 6 pièces; costumes d'hommes et femmes à la mode du temps, costumes pour les ballets d'opéra, 17 pièces.

407. **Le Paultre.** *Divers sujets d'histoire sainte et profane inventés et gravés de nouveau par J. Le Paultre, architecte et dessinateur des bâtiments du Roi*, dont : Adam et Eve, Nativité, la Cène et les quatre Evangélistes, *Al. Boudan excudit*, le Christ, Craprarole, copie de l'estampe du Carache; saint Sébastien, saint Jérôme, titres de livres, frontispice pour les œuvres de Le Muet, adresse de Lecocq fourbisseur, costumes, têtes, etc., etc. 52 pièces diverses et rares.

Maulde et Renou, Imprimeurs de la Compagnie des Commissaires-Priseurs, rue de Rivoli, 114. 1482

ORDRE DES VACATIONS.

Le Lundi 4 Décembre.

Nos 325 à 339.
1 à 120.
405 l'Œuvre de Boissieu.

Le Mardi 5 Décembre.

Nos 340 à 353.
121 à 251.
406 à 407 l'Œuvre de Le Paultre.

Le Mercredi 6 Décembre.

Nos 354 à 369.
370 à 404 École de Fontainebleau.
252 à 324.

www.ingramcontent.com/pod-product-compliance
Ingram Content Group UK Ltd.
Pitfield, Milton Keynes, MK11 3LW, UK
UKHW021218230726
13926UKWH00003B/1090